TRANZLATY

Sprache ist für alle da

A nyelv mindenkié

Die Verwandlung
Az átváltozás

Franz Kafka

Deutsch
Magyar

ISBN: 978-1-83566-652-4
Die Verwandlung
Franz Kafka, 1915

www.tranzlaty.com

Teil Eins
Első rész

Gregor Samsa erwachte eines Morgens aus unruhigen Träumen.

Gregor Samsa egy reggel nyugtalan álmokból ébredt.

Er befand sich in seinem Bett, konnte sich aber nicht bewegen.

Az ágyában találta magát, de mozdulni sem tudott.

Er war in ein monströses Ungeziefer verwandelt worden.

Szörnyűséges féreggé változott.

Er lag auf dem Rücken, der sich hart wie eine Rüstung anfühlte.

A hátán feküdt, ami kemény volt, mint a páncél.

Indem er den Kopf ein wenig hob, konnte er seinen Bauch sehen.

Ha kicsit felemelte a fejét, láthatta a hasát.

Sein Bauch aber war gewölbt und in Segmente unterteilt.

De a hasa kupolás volt, és szegmensekre tagolódott.

Die Decke lag auf seinem runden Bauch.

A takaró a kerekded hasán pihent.

Die Decke war jedoch kurz davor, ganz herunterzurutschen.

De a takaró majdnem teljesen lecsúszott.

Seine Beine wirkten im Vergleich zu ihrer üblichen Größe jämmerlich.

A lábai szánalmasak voltak a szokásos méretükhöz képest.

Und seine vielen Beine flackerten hilflos vor seinen Augen.

És sok lába tehetetlenül pislákolt a szeme előtt.

„Was ist nur mit mir geschehen?", dachte er bei sich.

„Mi történt velem?" – gondolta magában.

Aber es war kein Traum, aus dem er nicht erwachen konnte.

De ez nem egy olyan álom volt, amiből ne tudott volna felébredni.

Es war tatsächlich sein eigenes Zimmer, in dem er sich wiederfand.

Valójában a saját szobájában találta magát.

Ein richtiges Zimmer für Menschen, aber leider etwas zu klein.
Egy igazi szoba embereknek, de egy kicsit túl kicsi.
Er lag still zwischen den vier bekannten Mauern.
Csendben feküdt a négy jól ismert fal között.
Auf dem Tisch befand sich eine Sammlung von Textilmustern.
Az asztalon textilminták gyűjteménye volt.
Samsa war Handelsreisender, daher die Muster.
Samsa utazó ügynök volt, innen erednek a minták.
Über den auseinandergenommenen Textilproben hing ein Bild.
A szétszerelt textilminták felett egy kép volt.
Er hatte das Bild erst vor Kurzem aus einer Zeitschrift ausgeschnitten.
Nemrég vágta ki a képet egy magazinból.
Er hatte das Bild in einen hübschen, vergoldeten Rahmen gefasst.
A képet egy szép, aranyozott keretbe helyezte.
Das gerahmte Bild zeigte eine aufrecht sitzende Dame.
A bekeretezett kép egy egyenesen ülő hölgyet ábrázolt.
Sie trug eine Pelzmütze und hatte einen Pelzmuff.
Szőrmes kalapot és szőrös muffot viselt.
Sie hob ihre Hand in Richtung des Betrachters des Bildes.
A kép nézője felé emelte a kezét.
Ihr ganzer Unterarm verschwand in ihrem schweren Pelzmuff.
Az egész alkarja eltűnt a nehéz szőrös muffban.
Gregor blickte aus dem Fenster auf das trübe Wetter.
Gregor kinézett az ablakon a borongós időre.
Man konnte hören, wie schwere Regentropfen gegen das Fenster prasselten.
Hallani lehetett, ahogy nehéz esőcseppek csapódnak az ablaknak.
Das graue Wetter stimmte ihn sehr melancholisch.
A szürke időjárás nagyon melankolikus érzéssel töltötte el.

„Wie wäre es, wenn ich noch ein bisschen länger schlafe?",
dachte er.
„Mi lenne, ha egy kicsit tovább aludnék?" – gondolta.
"Mehr Schlaf könnte mir helfen, diesen Unsinn zu
vergessen."
„Több alvás talán segít elfelejteni ezt az ostobaságot."
Länger zu schlafen war jedoch völlig unmöglich.
De tovább aludni teljesen képtelenség volt.
Weil er es gewohnt war, auf seiner rechten Seite zu schlafen.
Mert megszokta, hogy a jobb oldalán aludjon.
Sein aktueller Zustand schränkte jedoch seine üblichen
Bewegungsfreiheiten ein.
De jelenlegi állapota megakadályozta a szokásos mozdulatait.
Er hatte keine Möglichkeit, in diese Lage zu gelangen.
Esélye sem volt rá, hogy ebbe a pozícióba kerüljön.
Er versuchte sein Bestes, sich auf die rechte Seite zu werfen.
Minden erejével igyekezett a jobb oldalára feküdni.
Er hat diese Bewegung wahrscheinlich hundertmal versucht.
Valószínűleg százszor megkísérelte ezt a mozdulatot.
Aber er kippte immer wieder in die Rückenlage zurück.
De mindig visszabillent a hanyatt fekvő helyzetbe.
Er schloss die Augen, um seine unruhigen Beine nicht sehen
zu müssen.
Lehunyta a szemét, hogy ne lássa a remegő lábait.
Am Ende hinderten ihn seine Schmerzen daran, es noch
einmal zu versuchen.
Végül a fájdalma megakadályozta abban, hogy újra
próbálkozzon.
Ein dumpfer Schmerz in der Seite, den er noch nie zuvor
gespürt hatte.
Tompa fájdalom hasított az oldalába, amit korábban soha nem
érzett.
„Oh Gott", dachte Gregor Samsa verzweifelt bei sich.
„Ó, Istenem!" – gondolta magában kétségbeesetten Gregor
Samsa.
"Was für einen anstrengenden Beruf ich mir da doch
ausgesucht habe!"

„Micsoda megerőltető hivatást választottam magamnak!"
„Ich muss beruflich Tag für Tag reisen."
„Nap mint nap utaznom kell a munkám miatt."
„Büroarbeit ist viel einfacher als die Arbeit unterwegs."
„Az irodai munka sokkal könnyebb, mint az úton."
„Und ich habe den Fluch, ständig reisen zu müssen."
„És az az átkom van, hogy utaznom kell."
„Die ganze Sorge, die Züge nicht rechtzeitig zu verpassen."
„Az összes aggodalom amiatt, hogy időben odaérjünk a vonatokhoz."
„Meine Mahlzeiten sind unregelmäßig und das Essen ist schlecht."
„Rendszertelenül étkezem, és az étel is rossz."
„Meine Freunde wechseln ständig, je nachdem, wo ich hinziehe."
„A barátaim folyton cserélődnek városról városra."
„Meine Interaktionen sind kühl und professionell."
„A kapcsolataim hidegek és professzionálisak."
„Sollen sich doch die Teufel mit solchen Arbeiten vergnügen!"
"Hadd szórakozzon az ördög ilyen munkával!"
Er verspürte ein leichtes Jucken im oberen Bereich seines Bauches.
Enyhe viszketést érzett a hasa tetején.
Er stemmte sich mit dem Rücken gegen den Bettpfosten.
Háttal az ágyoszlopnak nyomta magát.
Er wollte seinen Kopf besser heben können.
Jobban akarta tudni emelni a fejét.
Er fand die juckende Stelle, die ihn plagte.
Megtalálta a viszkető pontot, ami zavarta.
Sein Kopf schien mit kleinen weißen Punkten bedeckt zu sein.
A fejét mintha apró fehér pöttyök borították volna.
Was diese kleinen weißen Punkte waren, konnte er nicht sagen.
Mik voltak ezek az apró fehér pontok, nem tudta megmondani.

Er hatte geplant, die Stelle mit einem seiner Beine zu berühren.

Azt tervezte, hogy az egyik lábával megérinti a pontot.

Doch als er die Stelle berührte, verspürte er ein seltsames Frösteln.

De amikor megérintette a pontot, furcsa hidegséget érzett.

Daraufhin zog er sein Bein sofort von der Stelle weg.

Így azonnal elrántotta a lábát a helyéről.

Ihm blieb nichts anderes übrig, als das Jucken zu ertragen.

Nem volt más választása, mint elfogadni a viszkető érzést.

Und er kehrte in seine vorherige Position im Bett zurück.

És visszatért előző pozíciójába az ágyban.

„Wer so früh aufwacht, wird echt ziemlich dumm."

„Az, hogy az ember ilyen korán kel, elég hülyévé teszi."

„Ein Mann braucht genug Schlaf", dachte er sich.

„Egy férfinak eleget kell aludnia" – gondolta magában.

„Die anderen Handelsreisenden leben in Luxus."

„A többi utazó ügynök fényűző életet él."

„Morgens übermittle ich die erhaltenen Bestellungen."

"Reggel átadom a kapott parancsokat."

„Währenddessen frühstücken die Herren noch."

– Mindeközben azok az urak még mindig reggeliznek.

„Stellen Sie sich nur vor, ich würde das bei meinem Chef versuchen."

„Képzeld csak el, ha megpróbálnám ezt megtenni a főnökömmel."

„Er würde mich feuern, bevor ich mit dem Frühstück fertig bin."

„Még mielőtt befejezném a reggelimet, kirúgna."

„Aber vielleicht wäre das auch nicht das Schlimmste."

– De talán nem is ez lenne a legrosszabb.

„Das Problem ist, dass meine Eltern mich zurückhalten."

"A probléma az, hogy a szüleim visszatartanak."

„Ohne sie hätte ich schon längst gekündigt."

„Ha ők nem lettek volna, már rég lemondtam volna."

„Ich hätte mich dem Chef entgegengestellt und es ihm gesagt."

„Szembe álltam volna a főnökkel, és elmondtam volna neki."
„Ich würde genau sagen, was ich von ihm und der Stelle halte."
„Pontosan elmondanám, mit gondolok róla és a munkájáról."
„Er würde vom Schreibtisch fallen, wenn ich ihm alles erzählen würde!"
"Leesne az asztaláról, ha mindent elmondanék neki!"
„Es ist sehr seltsam, wie er an seinem Schreibtisch sitzt."
„Nagyon furcsa, ahogy az asztalán ül."
„Seine Art, mit seinen Untergebenen zu sprechen, ist nicht in Ordnung."
„Ahogy a beosztottaival beszél, az nem helyes."
„Und das Schlimmste ist, dass sein Gehör so schlecht ist."
– És a legrosszabb az egészben, hogy annyira rossz a hallása.
„Sie haben also keine andere Wahl, als ganz nah bei ihm zu sitzen."
– Tehát nincs más választásod, mint nagyon közel ülni hozzá.
„Aber trotz allem ist die Hoffnung noch nicht völlig verloren."
„De mindezek ellenére a remény még nem veszett el teljesen."
„Ich werde das Geld sparen, um die Schulden meiner Eltern zu begleichen."
„Spórolni fogok a pénzből, hogy kifizessem a szüleim adósságát."
„Ich kann nichts tun, solange sie ihm noch Geld schulden."
„Nem tehetek semmit, amíg még tartoznak neki pénzzel."
„Aber wenn die Schulden beglichen sind, werde ich es auf jeden Fall tun."
„De ha kifizetem a tartozást, akkor biztosan megteszem."
„Es wird wahrscheinlich noch fünf bis sechs Jahre dauern."
– Valószínűleg még öt-hat évig fog tartani.
"Ja, dann wird die große Trennung definitiv erfolgen."
– Igen, akkor a nagy elválás mindenképpen megtörténik.
„Fürs Erste muss ich jedoch aufstehen."
– Egyelőre azonban ki kell kelnem az ágyból.
„Weil mein Zug um fünf Uhr abfährt."
– Mert a vonatom öt órakor indul.

Gregor blickte auf den tickenden Wecker auf dem Tisch.

Gregor az asztalon ketyegő ébresztőórára nézett.

"Himmlischer Vater!", dachte er, als er die Uhrzeit sah.

„Mennyei Atyám!" – gondolta, amikor meglátta az időt.

Halb sieben war schon still und leise vergangen.

Fél hét már csendben elmúlt és elmúlt.

Und die Zeiger der Uhr bewegten sich immer weiter vorwärts.

És az óra mutatói egyre csak mozogtak előre.

Es war nun fast Viertel vor sieben.

És most már háromnegyed hét felé járt az idő.

"Vielleicht hat der Wecker nicht geklingelt, um mich zu wecken?", dachte er.

„Talán meg sem szólalt az ébresztő?" – gondolta.

Von seinem Bett aus inspizierte Gregor den Wecker.

Gregor az ágyából nézte az ébresztőórát.

Der Wecker war korrekt auf vier Uhr eingestellt.

Az ébresztőóra pontosan négy órára volt beállítva.

Er konnte es sich nicht erklären, aber der Alarm musste losgegangen sein.

Nem tudta megmagyarázni, de biztosan megszólalt a riasztó.

"Wie konnte ich den Wecker verschlafen, ohne es zu merken?"

„Hogy aludhattam át a vekkert anélkül, hogy tudtam volna?"

Wenn der Alarm losgeht, wackeln sogar die Möbel.

Amikor megszólal a riasztó, még a bútorokat is megrázza.

Er wusste, dass sein Schlaf alles andere als ruhig gewesen war.

Tudta, hogy az álma egyáltalán nem volt nyugodt.

Aber vielleicht war das der Grund, warum sein Schlaf so viel tiefer war.

De talán ezért volt sokkal mélyebb az álma.

Er musste darüber nachdenken, was er nun tun sollte.

Gondolkodnia kellett azon, hogy mitévő legyen most.

Der nächste Zug fuhr erst um sieben Uhr ab.

A következő vonat csak hét órakor indult.

Diesen Zug zu erreichen, wäre nahezu unmöglich.

Azt a vonatot szinte lehetetlen lett volna elérni.

Und die benötigten Textilien hatte er noch nicht eingepackt.

És még nem csomagolta be a szükséges textíliákat.

Er fühlte sich auch nicht besonders frisch und agil.

Nem érezte magát különösebben frissnek és fürgenek sem.

Vielleicht bestand die Möglichkeit, in den Zug einzusteigen.

Talán lett volna esély felszállni a vonatra.

Doch ein Tadel vom Chef war so oder so unvermeidlich.

De a főnök leszidása így is, úgy is elkerülhetetlen volt.

Der Angestellte wäre in den Fünf-Uhr-Zug eingestiegen.

A hivatalnok felszállt volna az ötórás vonatra.

Der Büroangestellte war ein willensschwaches Werkzeug des Chefs.

Az irodai tisztviselő a főnök gerinctelen teremtménye volt.

Gregors Abwesenheit wäre also bereits gemeldet worden.

Tehát Gregor távollétét már jelentették volna.

„Was wäre, wenn ich mich krankmelde?", überlegte Gregor.

„Mi van, ha beteget jelentek?" – tűnődött Gregor.

Das wäre aber äußerst peinlich und verdächtig.

De ez rendkívül kínos és gyanús lenne.

Gregor war in der gesamten Zeit, die er dort arbeitete, nie krank gewesen.

Gregor soha nem volt beteg az alatt az idő alatt, amíg ott dolgozott.

Und er hatte ihnen bereits fünf Jahre Dienst geleistet.

És már öt év szolgálatot adott nekik.

Die Chancen standen gut, dass der Chef vorbeikommen würde, um nach ihm zu sehen.

Valószínűleg a főnök eljön majd, hogy érdeklődjön felőle.

Er würde wahrscheinlich den Arzt der Krankenversicherung mitbringen.

Valószínűleg elhozná az egészségbiztosító orvosát.

Und er würde die Eltern für ihren faulen Sohn verantwortlich machen.

És a szülőket hibáztatná lusta fiukért.

Sie könnten gegen ihn keine Einwände erheben.

Nem tudnának ellene semmi kifogást emelni.

Denn für ihn gab es nur zwei Arten von Arbeitern.
Mert számára csak kétféle munkás létezett.
Entweder waren die Arbeiter kerngesund oder arbeitsscheu.
Vagy teljesen egészségesek voltak a munkások, vagy
szégyenlősek a munkától.
**Und läge er mit dieser grundlegenden Analyse überhaupt
falsch?**
És vajon ebben az alapvető elemzésben is tévedne?
In diesem Fall hatte er sicherlich ein starkes Argument.
Bizony, ebben az esetben erős érvei voltak.
**Trotz seines Aussehens fühlte sich Gregor tatsächlich recht
wohl.**
A külseje ellenére Gregor valójában egészen jól érezte magát.
Der unnötig lange Schlaf hatte ihn etwas schläfrig gemacht.
A felesleges hosszú alvás kissé álmossá tette.
**Abgesehen davon konnte er sich aber über keine Krankheit
beklagen.**
De ezen kívül nem panaszkodhatott betegségre.
**Er verspürte sogar einen besonders starken und gesunden
Hunger.**
Még egy különösen erős és egészséges éhséget is érzett.
**Während er diesen Gedanken nachging, schlug die Uhr
erneut.**
Miközben ezeket a gondolatokat járta a fejében, az óra újra
ütött.
Laut Alarm war es jetzt Viertel vor sieben.
A riasztó szerint ekkor már háromnegyed hét volt.
Und nun klopfte es auch leise an der Tür.
És most egy halk kopogás is hallatszott az ajtón.
„Gregor", rief ihm jemand zu – es war die Mutter.
„Gregor!" – kiáltotta valaki – az anya volt az.
„Es ist Viertel vor sieben", bestätigte sie den Alarm.
– Háromnegyed hét van – erősítette meg a riasztót.
"Wolltest du nicht gehen?", fragte die sanfte Stimme.
- Nem akartál elmenni? - kérdezte a szelíd hang.
Gregor erschrak, als er seine eigene Stimme antworten hörte.
Gregor megijedt, amikor meghallotta a hangját válaszul.

**Es war immer noch dieselbe Stimme, die er schon immer
hatte.**
A hangja még mindig az volt, ami mindig is volt neki.
Doch nun mischte sich ein neuer Klang in seine Stimme.
De most egy új hang vegyült a hangjába.
**Tief aus seinem Inneren entfuhr ihm auch ein schmerzhafter
Schrei.**
Mélyről belülről egy fájdalmas nyikorgás is előtört.
Zunächst schien seine Stimme die Worte klar zu formen.
Először úgy tűnt, a hangja tisztán formálja a szavakat.
**Doch dann hörte Gregor das Echo seiner Stimme in seinem
Kopf.**
De aztán Gregor meghallotta a hangja mentális visszhangját.
**Die Aufnahme seiner Stimme ist auf seltsame Weise
zerbrochen.**
A hangfelvétele furcsa módon megtört.
Und er war sich nicht sicher, ob er richtig gehört hatte.
És nem volt biztos benne, hogy jól hallotta-e a dolgokat.
**Gregor verspürte den starken Wunsch, eine ausführliche
Antwort zu geben.**
Gregor mély vágyat érzett arra, hogy részletes választ adjon.
Er wollte seiner Mutter alles genau erklären.
Mindent világosan el akart magyarázni az anyjának.
Doch angesichts der Umstände musste er sich einschränken.
De a körülményekre való tekintettel korlátoznia kellett magát.
Und er antwortete viel kürzer, als er es gern getan hätte.
És sokkal rövidebben válaszolt, mint szerette volna.
"Ja, Mutter, keine Sorge, danke, ich bin schon wach."
– Igen, anya, ne aggódj, köszönöm, már fent vagyok.
**Die Holztür trug vermutlich dazu bei, seine Stimme zu
dämpfen.**
A faajtó valószínűleg hozzájárult ahhoz, hogy tompítsa a
hangját.
**Draußen blieb die Veränderung in Gregors Stimme
unbemerkt.**
Kint Gregor hangjának változása észrevétlen maradt.
Die Mutter schien mit seiner Erklärung zufrieden zu sein.

Az anya láthatóan elégedett volt a magyarázattal.

Und sie ging genauso leise wieder, wie sie gekommen war.

És ugyanolyan csendben távozott, mint ahogy jött.

Doch das kurze Gespräch hatte eine unerwünschte Folge.

De a kis beszélgetésnek nem kívánt hatása lett.

Er erregte die Aufmerksamkeit der anderen Familienmitglieder.

Felkeltette a többi családtag figyelmét.

Gregor war noch zu Hause und nicht zur Arbeit gegangen.

Gregor még otthon volt, és nem ment be dolgozni.

Und nun klopfte auch der Vater an die Seitentür.

És most az apa is kopogott az oldalsó ajtón.

Er klopfte schwach, aber entschlossen mit der Faust.

Gyengén, de elszántan kopogott ököllel.

„Gregor, Gregor", rief er, „was ist das Problem?"

– Gregor, Gregor – kiáltotta –, mi a baj?

Nach einer Weile warnte er erneut, diesmal mit tieferer Stimme.

Kis idő múlva ismét figyelmeztetett, mélyebb hangon.

Doch nun klopfte die Schwester an die andere Tür.

De a másik oldali ajtón most a nővér kopogott.

"Gregor? Geht es dir nicht gut?", fragte sie leise.

„Gregor? Rosszul vagy?" – kérdezte halkan.

„Brauchen Sie irgendetwas?", fragte sie besorgt.

– Szükséged van valamire? – kérdezte aggódva.

Gregor antwortete beiden Seiten: „Ich bin schon fertig."

Gregor mindkét félnek így válaszolt: „Már végeztem."

Er hatte sich größte Mühe gegeben, alle Wörter sorgfältig auszusprechen.

Minden tőle telhetőt megtett, hogy minden szót gondosan ejtsen ki.

Und er entfernte alles Auffällige aus seiner Stimme.

És mindent elűzött a hangjából, ami feltűnő volt.

Auch der Vater schien mit der Antwort zufrieden zu sein.

Az apa is elégedettnek tűnt a válasszal.

Und er kehrte zu seinem unvollendeten Frühstück zurück.

És visszatért a befejezetlen reggelijéhez.

Doch die Schwester flüsterte: „Gregor, mach auf, ich flehe dich an."

De a nővér suttogta: „Gregor, kérlek, nyisd ki."

Doch ihre Sorge um ihn konnte ihn in keiner Weise bewegen.

De a nő aggodalma semmiképpen sem tudta megindítani.

Gregor hatte nicht die Absicht, ihr die Tür zu öffnen.

Gregornak esze ágában sem volt ajtót nyitni neki.

Durch seine Reisen hatte er sich einige vorsichtige Gewohnheiten angeeignet.

Az utazás során némi óvatosságra tett szert.

Und er lobte sich selbst dafür, die Türen abgeschlossen zu haben.

És dicsérte magát, amiért bezárta az ajtókat.

Zunächst wollte er in Ruhe und in seinem eigenen Tempo aufstehen.

Először csendben akart felkelni, a maga idejében.

Und er wollte sich ungestört anziehen.

És anélkül, hogy zavarták volna, fel akart öltözni.

Nachdem er das geschafft hatte, wollte er frühstücken.

Miután ezzel végzett, reggelizni akart.

Erst dann wollte er die Situation weiter überdenken.

Csak ezután akarta jobban átgondolni a helyzetet.

Er wusste, dass es sinnlos war, im Bett Pläne zu schmieden.

Tudta, hogy nincs értelme terveket szőni az ágyban.

Zu einem vernünftigen Schluss zu gelangen, wäre unmöglich.

Ésszerű következtetésre jutni lehetetlen lenne.

Es gab schon andere Male, da war er mit leichten Schmerzen aufgewacht.

Máskor is előfordult már, hogy enyhe fájdalmakkal ébredt fel.

Diese Schmerzen erwiesen sich stets als reine Einbildung.

Ezek a fájdalmak mindig puszta képzelgésnek bizonyultak.

Beim Aufstehen verschwanden die Schmerzen ausnahmslos.

Amikor kikeltem az ágyból, a fájdalom mindig elmúlt.

Er war neugierig, was mit diesen Ideen geschehen würde.

Kíváncsi volt, mi lesz ezekkel az ötletekkel.

Die Veränderung seiner Stimme war wahrscheinlich nur auf eine Erkältung zurückzuführen.
A hangjában bekövetkezett változás valószínűleg csak egy megfázástól volt.
Erkältungen sind für Reisende einfach ein Berufsrisiko.
A megfázás csak foglalkozási ártalom az utazók számára.
Er hatte keinen Zweifel daran, dass dies die logische Erklärung war.
Nem kételkedett benne, hogy ez a logikus magyarázat.
Es gelang ihm mühelos, die Decke von sich zu streifen.
Könnyedén sikerült leemelnie magáról a takarót.
Er musste nur einatmen und sich aufblasen.
Csak annyit kellett tennie, hogy beszívja a levegőt és felfújja magát.
Die Decke rutschte von seinem Körper und landete auf dem Boden.
A takaró lecsúszott a testéről, és a padlóra hullott.
Sein unglaublich breiter Körperbau erschwerte auch andere Dinge.
Hihetetlenül széles teste más dolgokat is megnehezített.
Er hätte Arme und Hände gebraucht, um aufzustehen.
Karokra és kezekre lett volna szüksége a felálláshoz.
Aber er hatte nicht mehr die Gliedmaßen, die er früher gehabt hatte.
De már nem voltak olyan végtagjai, mint régen.
Anstelle von Armen und Händen hatte er viele kleine Beine.
Karok és kezek helyett sok apró lába volt.
Und seine Beine bewegten sich ständig, ohne dass er es kontrollieren konnte.
És a lábai folyamatosan mozogtak, önkéntelenül.
Er versuchte, ein Bein zu beugen, aber stattdessen streckte es sich.
Megpróbálta behajlítani az egyik lábát, de az ehelyett megnyúlt.
Schließlich gelang es ihm, ein Bein unter seine Kontrolle zu bringen.
Végül sikerült az egyik lábát az irányítása alá vonnia.

Doch dann wurde die Bewegung der anderen Beine freigegeben.

De aztán a többi láb mozgása is felszabadult.

Und seine Beine zuckten vor lauter Aufregung.

És minden lába megrándult a rendkívüli izgalomtól.

Zuerst wollte er seinen Unterkörper aus dem Bett bekommen.

Először is ki akarta venni az alsótestét az ágyból.

Seinen Unterkörper hatte er aber noch nicht gesehen.

De az alsótestét még nem látta valójában.

Und es erwies sich ohnehin als zu schwierig, diesen Teil zu versetzen.

És ennek a résznek a mozgatása amúgy is túl nehéznek bizonyult.

Schließlich wagte er mit all seiner Kraft einen waghalsigen Schritt.

Végül minden erejét összeszedve egyetlen vad mozdulatot tett.

Ohne weiter zu zögern, trat er vorwärts.

További habozás nélkül előrelépett.

Doch er hatte die falsche Richtung eingeschlagen.

De rossz irányt választott a továbblépéshez.

Er schlug mit voller Wucht mit dem Körper gegen den unteren Bettpfosten.

Hevesen az ágy alsó oszlopához ütötte a testét.

Der brennende Schmerz, den er empfand, lehrte ihn eine wertvolle Lektion.

Az égő fájdalom, amit érzett, értékes leckét tanított neki.

Sein Unterkörper war vielleicht empfindlicher.

Talán az alsó testrésze volt érzékenyebb.

Also versuchte er zuerst, seinen Oberkörper aus dem Bett zu bekommen.

Így hát először a felsőtestét próbálta meg kimászni az ágyból.

Er drehte seinen Kopf vorsichtig in die richtige Richtung.

Óvatosan a megfelelő irányba fordította a fejét.

Und schon bald lag sein Kopf am Bettrand.

És hamarosan a feje az ágy szélének fordult.

Diese vorsichtige Vorgehensweise fiel ihm tatsächlich leicht.

Ez az óvatos mozdulat valójában könnyű volt számára.

Und weder seine Breite noch sein Gewicht hinderten ihn an seinen Bewegungen.

És a szélessége és a súlya sem akadályozta meg a mozgását.

Die Masse seines Körpers folgte langsam der Drehung des Kopfes.

Testének tömege lassan követte a fej fordulatát.

Doch dann streckte er den Kopf über die Bettkante.

De aztán leemelte a fejét az ágy széléről.

Und er sah sich einer neuen Angst gegenüber, über die er noch nicht nachgedacht hatte.

És egy új félelemmel nézett szembe, amire eddig nem is gondolt.

Ein weiteres Vorgehen in dieser Richtung könnte gefährlich sein.

Az ilyen módon történő további előrelépés veszélyes lehet.

Er hatte gedacht, er würde sich einfach fallen lassen.

Azt hitte, hagyja magát elesni.

Es wäre aber ein Wunder, wenn er sich dabei nicht am Kopf verletzen würde.

De csoda lenne, ha nem sérülne meg a feje.

Jetzt war nicht der richtige Zeitpunkt, um ein Bewusstseinsverlustrisiko einzugehen.

Most nem volt alkalmas idő az eszméletvesztés kockáztatására.

Vielleicht wäre es doch besser, im Bett zu bleiben.

Talán jobb lenne mégis ágyban maradni.

Doch dann musste er denselben Aufwand betreiben, um zurückzukehren.

De aztán ugyanilyen erőfeszítéseket kellett tennie, hogy visszajusson.

Nach all der Mühe lag er da, genau wie zuvor.

Minden erőfeszítés után ugyanúgy feküdt ott, mint azelőtt.

Und nun schienen seine Beine noch wütender zu sein als zuvor.

És most a lábai még dühösebbnek tűntek, mint azelőtt.
Die Bewegungen seiner Beine waren noch unkontrollierbarer geworden.
A lábai mozgása még irányíthatatlanabbá vált.
Er sah keinen Ausweg aus seiner Situation.
Nem látott kiutat a helyzetből, amibe került.
Aus diesem Chaos konnte kein Frieden und keine Ordnung hergestellt werden.
Ebből a káoszból nem lehetett békét és rendet teremteni.
Aber er wusste, dass auch im Bett zu bleiben keine Option war.
De tudta, hogy az ágyban maradás sem opció.
Alles zu opfern war die vernünftigste Option.
Mindent feláldozni volt a legértelmesebb megoldás.
Er klammerte sich an den kleinsten Hoffnungsschimmer, jemals wieder aufstehen zu können.
A legkisebb reményhez is ragaszkodott, hogy kikelhet az ágyból.
Wenn ihm das gelingt, hat sich das ganze Risiko gelohnt.
Ha ezt sikerült volna neki, minden kockázat megérte volna.
Doch gleichzeitig erinnerte er sich auch an etwas anderes.
De ugyanakkor eszébe jutott még valami más is.
„Besser als verzweifelte Entscheidungen sind ruhige Überlegungen."
"A kétségbeesett döntéseknél jobbak a nyugodt elmélkedések."
Mit aller Kraft konzentrierte er seinen Blick auf das Fenster.
Minden erejével az ablakra szegezte a tekintetét.
Doch was er sah, stimmte ihn wenig zuversichtlich und erfreute ihn nicht.
De amit látott, kevés önbizalmat és vidámságot keltett benne.
Der Morgennebel hüllte die gesamte enge Straße ein.
A reggeli köd beborította az egész keskeny utcát.
Der Wecker klingelte erneut; es war nun sieben Uhr.
Az ébresztőóra újra megszólalt; most hét óra volt.
„Es ist bereits sieben Uhr und es ist immer noch so neblig."
„Már hét óra van, és még mindig olyan köd van."
Eine Zeitlang lag er still da und atmete nur schwach.

Egy ideig csendben feküdt, csak gyengén lélegzett.

Vielleicht würde etwas Ruhe eine gewisse Normalität herbeiführen.

Talán egy kis csend normalitást hozna.

Völliges Schweigen könnte die wahren Zustände herbeiführen.

A teljes csend előidézheti a valódi körülményeket.

Doch bevor die Uhr erneut schlug, durchbrach er das Schweigen.

De mielőtt újra ütött volna az óra, megtörte a csendet.

Bevor die Uhr wieder schlägt, muss ich aus dem Bett sein.

"Mielőtt újra üt az óra, ki kell kelnem az ágyból."

„Ich muss bis dahin unbedingt komplett aus dem Bett sein."

„Addigra már teljesen ki kell kelnem az ágyból."

„Nach Viertel nach sieben schickt das Büro jemanden."

"Negyed nyolc után az iroda küld valakit."

„Weil das Büro vor sieben Uhr öffnete."

– Mert az iroda már hét óra előtt kinyitott.

Und nun begann er, seinen Körper aus dem Bett zu schaukeln.

És most elkezdte kikászálódni az ágyból.

Er hatte aufgehört, sich auf seinen Ober- oder Unterkörper zu konzentrieren.

Felhagyott azzal, hogy a felső- vagy alsótestére koncentráljon.

Sein ganzer Körper musste aus dem Bett herausragen.

Teljes testének hosszával el kellett hagynia az ágyat.

Bei einem Sturz in diese Richtung sollte sein Kopf geschützt sein, dachte er.

Ha így esne, az védené a fejét, gondolta.

Er hatte geplant, den Kopf zu heben, sobald er auf dem Boden aufschlug.

Azt tervezte, hogy felemeli a fejét, amikor földet ér.

Sein Rücken schien hart genug für den Aufprall zu sein.

Teste hátulja elég keménynek tűnt az ütéshez.

Und der Teppich diente dazu, die Landung abzufedern.

És a szőnyeg azért volt ott, hogy tompítsa a landolást.

Seine größte Sorge galt jedoch dem Lärm.

Legnagyobb aggodalma azonban a hangos zaj volt.
Das krachende Geräusch würde alle im Haus erschrecken.
A csattanó hang mindenkit megijesztene a házban.
Vielleicht hätten sie keine Angst vor dem lauten Lärm.
Talán nem ijednének meg a hangos zajtól.
Aber sie wären mit Sicherheit besorgt, wenn sie davon hörten.
De biztosan aggódnának, ha meghallanák.
Man musste aber das Risiko eingehen, Aufmerksamkeit zu erregen.
De a figyelemfelkeltés kockázatát vállalni kellett.
Die neue Methode war eher ein Spiel als eine Anstrengung.
Az új módszer inkább játék volt, mint erőfeszítés.
Er musste seinen Körper in plötzlichen und ruckartigen Bewegungen hin und her wiegen.
Hirtelen és rángatózó mozdulatokkal kellett ringatnia a testét.
Gregor war schon halb aus dem Bett aufgestanden.
Gregor már félig kikelt az ágyból.
Nun kam ihm gerade ein neuer Gedanke.
Most hirtelen egy új gondolat jutott eszébe.
„Es wäre alles so einfach, wenn mir jemand zu Hilfe käme."
„Minden olyan könnyű lenne, ha valaki a segítségemre sietne."
„Zwei kräftige Personen würden völlig ausreichen."
„Két erős ember teljesen elég lenne."
Sein Vater und das Dienstmädchen wären stark genug.
Az apja és a szobalány elég erősek lesznek.
Sie müssten nur ihre Arme unter seinen Rücken schieben.
Csak a háta alá kellene csúsztatniuk a karjukat.
Und dann könnten sie ihn ganz leicht aus dem Bett ziehen.
És akkor könnyen kihúzhatták volna az ágyból.
Vielleicht hätten sie sein Gewicht langsam reduzieren müssen.
Talán lassan kellett volna csökkenteniük a súlyát.
Hoffentlich hätten die Beine dann ihren Zweck gefunden.
Remélhetőleg akkor a lábak megtalálták volna a céljukat.
Wäre es nicht letztendlich besser, um Hilfe zu rufen?

„Nem lenne jobb mégis segítséget hívni?"

Das Problem war natürlich, dass er die Türen abgeschlossen hatte.

A probléma persze az volt, hogy bezárta az ajtókat.

Irgendwie hatte der Gedanke etwas, das ihn amüsierte.

Volt valami a gondolatban, ami csiklandozta.

Und trotz seiner Notlage konnte er sich ein Lächeln nicht verkneifen.

És a nehézségei ellenére sem tudta elfojtani a mosolyát.

Er war schon kurz davor, das Gleichgewicht zu verlieren.

Már most is közel állt ahhoz, hogy elvesztse az egyensúlyát.

Mit jedem Schwung kam er dem Umkippen vom Bett näher.

Minden egyes lengés közelebb vitte ahhoz, hogy felboruljon az ágyról.

Bald musste er die endgültige Entscheidung treffen.

Hamarosan meg kellett hoznia a végső döntést.

In fünf Minuten würde es Viertel nach sieben sein.

Öt perc múlva negyed nyolc lett.

Während er diesen Gedanken nachging, klingelte es an der Tür.

Miközben ezeket a gondolatokat járta a fejében, megszólalt a csengő.

„Das ist jemand aus dem Büro", sagte er zu sich selbst.

„Ez valaki az irodából" – mondta magában.

Und er erstarrte fast vor Angst angesichts des Besuchers.

És majdnem megdermedt a félelemtől a látogató miatt.

Seine Beine tanzten noch wilder als zuvor.

A lábai még vadul táncoltak, mint azelőtt bármikor.

Doch dann herrschte einen Moment lang Stille.

De aztán egy pillanatra minden csendes maradt.

„Sie werden die Tür nicht öffnen", sagte Gregor zu sich selbst.

„Nem fogják kinyitni az ajtót" – mondta magában Gregor.

Er war noch immer einer sinnlosen Hoffnung verfallen.

Még mindig valami értelmetlen remény fogta el.

Doch dann ging das Dienstmädchen natürlich zur Tür.

De aztán persze a szobalány az ajtóhoz lépett.

Und wie immer öffnete sie dem Besucher die Tür.
És mint mindig, kinyitotta az ajtót a látogatónak.
Gregor brauchte nur die erste Begrüßung des Besuchers zu
hören.
Gregornak csak a látogató első üdvözlését kellett hallania.
Er konnte sofort erkennen, wer ihn gesucht hatte.
Rögtön meg tudta mondani, ki jött érte.
Der Hauptschreiber selbst war gekommen, um nach Samsa
zu sehen.
Maga a főhivatalnok jött, hogy érdeklődjön Samsa felől.
Warum war Gregor der Einzige, der zu diesem Schicksal
verurteilt wurde?
Miért volt Gregor az egyetlen, akit erre a sorsra ítéltek?
Warum musste ausgerechnet er in einer solchen
Organisation dienen?
Miért csak neki kellett egy ilyen szervezetben szolgálnia?
Das geringste Versehen weckte sofort Misstrauen.
A legkisebb figyelmetlenség azonnal gyanút keltett.
Waren alle Angestellten, die dort arbeiteten, Schurken?
Minden ott dolgozó alkalmazott gazember volt?
Gab es denn keinen treuen und ergebenen Menschen unter
ihnen?
Nem volt közöttük hűséges és odaadó ember?
Hätten sie nicht einfach einen Lehrling schicken können?
Nem küldhettek volna egyszerűen egy tanoncot?
War diese ganze Infragestellung überhaupt notwendig?
Egyáltalán szükséges volt ez az egész kérdezősködés?
Musste der Bevollmächtigte persönlich erscheinen?
Magának a meghatalmazott képviselőnek kellett eljönnie?
Musste wirklich die gesamte unschuldige Familie informiert
werden?
Vajon az egész ártatlan családot tájékoztatni kellett?
All diese Überlegungen veranlassten Gregor zum Handeln.
Mindezek a megfontolások cselekvésre késztették Gregort.
Er schwang sich mit aller Kraft aus dem Bett.
Teljes erejéből kiugrott az ágyból.

Es gab einen lauten Knall, aber es war eigentlich kein richtiges Geräusch.

Hangos csattanás hallatszott, de igazából nem is zaj volt.

Der Fall wurde durch den Teppich etwas abgemildert.

A szőnyeg kissé tompította az esést.

Sein Rücken war elastischer, als Gregor angenommen hatte.

A háta rugalmasabb volt, mint Gregor gondolta.

Der Klang war also dumpfer und nicht so auffällig.

Így a hang tompább volt, és nem annyira feltűnő.

Doch er hatte seinen Kopf während des Sturzes nicht geschützt.

De az esés során nem vigyázott a fejére.

Und als er auf den Boden aufschlug, schlug er auch mit dem Kopf auf.

És amikor a földre esett, a fejét is beütötte.

Er rieb sich vor Wut und Schmerz den Kopf am Teppich.

Dühében és fájdalmában a szőnyegbe dörzsölte a fejét.

Der Manager im Nachbarzimmer hörte jedoch den Lärm.

De a szomszédos szobában lakó menedzser hallotta a zajt.

„Da ist etwas hineingefallen", stellte er richtig fest.

„Valami beleesett" – jegyezte meg helyesen.

Gregor versuchte, sich den Manager in seine Lage zu versetzen.

Gregor megpróbálta elképzelni a menedzsert a helyzetében.

„Könnte ihm dasselbe passieren?", fragte er sich.

„Vele is megtörténhetne ugyanez?" – tűnődött.

Er akzeptierte, dass dieses seltsame Ereignis möglich sein könnte.

Elfogadta, hogy ez a különös esemény lehetséges.

Und dann ging der Hauptsekretär ein paar Schritte in den Raum.

És akkor a főjegyző néhány lépést tett a szoba felé.

Es war fast schon eine plumpe Antwort auf seine Frage.

Ez szinte nyers válasz volt a kérdésére, amit feltett.

Seine Lederstiefel knarrten, als er sich der Tür näherte.

Bőrcsizmája nyikorgott, ahogy az ajtóhoz közeledett.

**Aus dem Zimmer zu seiner Rechten flüstertc ihm seine
Magd zu.**

A jobb oldali szobából a szobalánya súgta oda neki:

„Gregor, der Bevollmächtigte, ist hier."

„Gregor, a meghatalmazott képviselő itt van."

„Ich weiß", sagte Gregor, aber nur leise zu sich selbst.

– Tudom – mondta Gregor, de csak halkan magában.

**Er wagte es nicht, seine Stimme lauter als ein Flüstern zu
erheben.**

Nem merte suttogásnál hangosabban beszélni.

Weil Gregor nicht wollte, dass seine Schwester ihn hörte.

Mert Gregor nem akarta, hogy a húga hallja.

„Gregor", sagte der Vater aus dem Zimmer links.

– Gregor – mondta az apa a bal oldali szobából.

**Der Manager ist gekommen, um nach dem Rechten zu
sehen.**

– Az igazgató eljött megnézni, mi a probléma.

**„Er fragte, warum du nicht den frühen Zug genommen
hast."**

„Megkérdezte, miért nem a korai vonattal mentél el."

**„Wir wissen nicht, was wir ihm sagen sollen", sagte der
Vater.**

– Nem tudjuk, mit mondjunk neki – mondta az apa.

„Übrigens möchte er auch persönlich mit Ihnen sprechen."

– Egyébként személyesen is szeretne beszélni veled.

**„Bitte öffnen Sie die Tür, damit er mit Ihnen sprechen
kann."**

– Kérlek, nyisd ki az ajtót, hogy beszélhessen veled.

**„Er wird so freundlich sein, das Chaos im Zimmer zu
entschuldigen."**

„Lesz olyan kedves, és elnézést kér a rendetlenségért a
szobában."

"Guten Morgen, Herr Samsa", rief ihm der Manager zu.

– Jó reggelt, Samsa úr! – szólt oda neki az igazgató.

Und er sprach ganz gewiss in freundlicher Weise mit ihm.

És kétségtelenül barátságosan beszélt vele.

„Es geht ihm nicht gut", sagte die Mutter zum Manager.

– Nincs jól – mondta az anya az igazgatónak.

„Es geht ihm überhaupt nicht gut, glauben Sie mir, lieber Manager."

„Egyáltalán nincs jól, higgye el, kedves igazgató úr."

"Warum sonst sollte Gregor den Morgenzug verpassen?"

„Miért másért késte volna le Gregor a reggeli vonatot?"

„Der Junge hat nichts anderes im Kopf als das Geschäft."

„A fiúnak semmi más nem jár a fejében, csak az üzlet."

„Es ärgert mich fast, dass er nichts anderes tut."

„Szinte idegesít, hogy semmi mást nem csinál."

„Ich wünschte, er würde abends an die frische Luft gehen."

„Bárcsak esténként kiment volna a friss levegőre."

„Er war acht Tage geschäftlich in der Stadt."

„Nyolc napig volt a városban üzleti ügyben."

„Aber er war ja jeden dieser Abende zu Hause."

„De aztán minden ilyen estén otthon volt."

„Er sitzt an unserem Tisch und liest die Zeitung."

„Az asztalunknál ül és újságot olvas."

„Manchmal studiert er auch die Fahrpläne der Züge."

„Máskor a vonatok menetrendjét tanulmányozza."

„Manchmal beschäftigt er sich mit Tischlerarbeiten."

„Néha azért lefoglalja magát ácsmunkával."

„Zum Beispiel schnitzte er einen kleinen Bilderrahmen aus Holz."

„Például kifaragott egy kis fából készült képkeretet."

„An zwei oder drei Abenden war er mit der Säge beschäftigt."

„Két vagy három estén át a fűrésszel volt elfoglalva."

„Sie werden staunen, wie hübsch der Bilderrahmen ist."

"Meg fogsz lepődni, milyen szép a képkeret."

„Er hat den Bilderrahmen in seinem Zimmer aufgehängt."

"Felakasztotta a képkeretet a szobájában."

„Wenn er die Tür öffnet, werden Sie seine Holzarbeiten sehen."

„Amikor kinyitja az ajtót, meglátja a famunkáit."

„Übrigens freut es mich, dass Sie hier sind, Herr Prokurist."

„Egyébként örülök, hogy itt van, Prokurist úr."

„Wir allein hätten Gregor nicht dazu bringen können, die Tür zu öffnen."

„Egyedül nem tudtuk volna Gregort rávenni, hogy kinyissa az ajtót."

„Er ist so stur", gestand seine Mutter dem Angestellten.

– Olyan makacs – vallotta be az anyja a hivatalnoknak.

„Er ist ganz sicher krank, obwohl er das vorher bestritten hat."

– Biztosan rosszul van, bár korábban tagadta.

„Ich komme gleich", sagte Gregor langsam und bedächtig.

– Mindjárt ott vagyok – mondta Gregor lassan és óvatosan.

Doch er machte keine Anstalten, sich der Tür des Zimmers zuzuwenden.

De nem tett mozdulatot a szoba ajtaja felé.

Er wollte kein Wort des Gesprächs verpassen.

Nem akart egyetlen szót sem elveszíteni a beszélgetésből.

Der Hauptsekretär stimmte der Einschätzung der Mutter zu.

A főjegyző egyetértett az anya értékelésével.

"Ich kann es Ihnen auch nicht anders erklären, Madam."

– Én sem tudom másképp megmagyarázni, asszonyom.

„Hoffen wir alle, dass er keine schwere Krankheit hat", sagte er.

„Reméljük mindannyian, hogy nincs komolyabb betegsége" – mondta.

„Andererseits stellt es eine Gefahr in unserer Branche dar."

„Másrészt viszont veszélyt jelent az iparágunkban."

„Wir Geschäftsleute müssen oft Unannehmlichkeiten überwinden."

„Nekünk, üzletembereknek, gyakran le kell küzdenünk a kellemetlenségeket."

„Profis müssen leichte Schmerzen einfach aushalten."

„A profiknak csak kisebb nehézségeken kell keresztülmenniük."

Währenddessen klopfte sein Vater erneut an die andere Tür.

Közben az apja ismét kopogott a másik ajtón.

„Kann der Hauptsekretär jetzt hereinkommen?", wollte er wissen.

„Bejöhet most a főjegyző?" – kérdezte.

"Nein, das kann er nicht", antwortete Gregor auf die Frage seines Vaters.

– Nem, nem teheti – felelte Gregor apja kérdésére.

Im Raum links von uns herrschte betretenes Schweigen.

Kínos csend telepedett a bal oldali szobára.

Im Zimmer rechts begann die Schwester zu schluchzen.

A jobb oldali szobában a nővér zokogni kezdett.

Warum war die Schwester nicht zu den anderen gegangen?

Miért nem ment el a nővér a többiekhez?

Sie war wahrscheinlich gerade erst aufgestanden, dachte er.

Valószínűleg most kelt ki az ágyból, gondolta.

Vielleicht hatte sie noch gar nicht angefangen, sich anzuziehen.

Lehet, hogy még el sem kezdett öltözködni.

Gregor aber verstand nicht, warum sie weinte.

De Gregor nem értette, miért sír.

Lag es daran, dass er nicht aufgestanden war und den Manager hereingelassen hatte?

Azért volt, mert nem kelt fel és nem engedte be a menedzsert?

Lag es daran, dass er Gefahr lief, seinen Job zu verlieren?

Azért, mert veszélyben volt, hogy elveszíti az állását?

Könnte der Chef wie früher gegen die Eltern vorgehen?

Lehet, hogy a főnök a szülők után jön, mint korábban?

Würde er seine alten Forderungen an sie wiederholen?

Vajon újra a régi követeléseit fogja felhozni velük szemben?

Diese Dinge waren wahrscheinlich unnötig.

Ezek miatt valószínűleg nem kellett volna aggódni.

Im Moment hatte sie keinen Grund zu weinen.

Egyelőre nem volt oka sírni.

Gregor war noch da und sorgte für seine Familie.

Gregor még mindig itt volt, és gondoskodott a családról.

Und er hatte nie die Absicht, die Familie zu verlassen.

És soha nem állt szándékában elhagyni a családot.

Im Moment lag er einfach nur da auf dem Teppich.

Egyelőre csak feküdt ott a szőnyegen.

Die Familie wusste nichts von seinem Zustand.

A család nem tudott arról, milyen állapotban van.

Hätten sie das gewusst, hätten sie seinen Chef nicht ermutigt.

Ha tudták volna, nem biztatták volna a főnökét.

Sie hätten nicht einmal den Manager ins Haus gelassen.

Még a vezetőt sem engedték volna be a házba.

Ihn abzuweisen wäre nicht besonders unhöflich gewesen.

Elfordítani őt nem lett volna különösebben udvariatlan.

Er hätte später problemlos eine passende Ausrede finden können.

Könnyen találhatott volna később megfelelő kifogást.

Dafür hätte er nicht entlassen werden können.

Nem olyasmi volt, amiért kirúghatták volna.

Gregor war der Ansicht, dass es jetzt vernünftiger wäre, allein gelassen zu werden.

Gregor úgy érezte, most már ésszerűbb lenne, ha békén hagynák.

Ihn durch Weinen und Reden zu stören, brachte wenig.

Sírással és beszéddel való zavarása nem sokat ért el.

Doch die anderen beunruhigte die Ungewissheit.

De a többieket a bizonytalanság zavarta.

Und genau diese Unsicherheit entschuldigte ihr Verhalten.

És ez a bizonytalanság mentegette a viselkedésüket.

„Herr Samsa!", rief der Manager mit erhobener Stimme.

– Samsa úr! – kiáltotta felemelt hangon a menedzser.

„Was ist los mit dir?", wollte er wissen.

„Mi van veled?" – akarta tudni.

„Du hast dich in deinem Zimmer verbarrikadiert."

– Elbarikádtad magad a szobádban.

„Sie antworten nur mit ‚Ja' oder ‚Nein'."

"Csak egy 'igen'-nel vagy egy 'nem'-mel válaszolhatsz."

„Du bereitest deinen Eltern große Sorgen."

„Komoly aggodalmat okozol a szüleidnek."

„Ich sehe keinen guten Grund, warum Sie sie beunruhigen sollten."

„Nem látok okot, amiért aggódnál miattuk."

„Es gibt da noch eine Sache, die ich nebenbei erwähnen
möchte."

– Van még valami, amit futólag megemlítek.

„Sie vernachlässigen auch Ihre geschäftlichen Pflichten uns
gegenüber."

„A velünk szembeni üzleti kötelezettségeit is elhanyagolja."

„Eine solche Verantwortungslosigkeit entspricht so gar nicht
Ihrem Charakter."

„Ez a felelőtlenség teljesen nem jellemző rád."

„Ich spreche hier im Namen Ihrer Eltern und Ihres Chefs."

„A szüleid és a főnököd nevében beszélek."

„Und ich bitte Sie um eine sofortige und klare Erklärung."

– És azonnali és világos magyarázatot kérek.

„Das Ganze erstaunt mich wirklich, das muss ich sagen."

„Ez az egész dolog tényleg lenyűgöz, be kell vallanom."

„Ich dachte, ich kenne dich als ruhigen und vernünftigen
Menschen."

„Azt hittem, nyugodt és értelmes embernek ismerlek."

„Aber jetzt zeigst du uns eine andere Seite von dir."

– De most egy másik oldaladat mutatod meg nekünk.

„Plötzlich zeigst du deine ganz eigenen Launen."

„Hirtelen megmutatod a nagyon különös szeszélyeidet."

„Aber es könnte eine Erklärung für Ihr Scheitern geben."

– De lehet, hogy van magyarázat a kudarcára.

„Der Chef erwähnte eine Forderung, die Sie für uns
eingetrieben hatten."

„A főnök említett egy adósságot, amit behajtottál nekünk."

"Ich habe dem Chef in Ihrem Namen mein Ehrenwort
gegeben."

– Becsületszavamat adtam a főnöknek a nevedben.

„Aber jetzt sehe ich deine unverständliche Sturheit."

– De most látom a felfoghatatlan makacsságodat.

"Vielleicht verliere ich auch noch jegliche Lust, dir
überhaupt zu helfen."

„Lehet, hogy még mindig elveszítem minden vágyamat, hogy
segítsek neked."

„Ihre Arbeitsplatzsicherheit ist keineswegs völlig stabil."

„A munkahelyed biztonsága korántsem teljesen stabil."

„Eigentlich wollte ich euch das alles unter vier Augen erzählen."

– Eredetileg négyszemközt akartam elmondani mindezt.

„Aber jetzt sehe ich, dass Sie wollen, dass ich hier meine Zeit verschwende."

– De most látom, hogy azt akarod, hogy itt vesztegessem az időmet.

„Ich sehe also keinen Grund, warum deine Eltern das nicht wissen sollten."

– Szóval nem látom okát, hogy a szüleid miért ne tudnának róla.

„Ihre Leistungen in letzter Zeit waren nicht zufriedenstellend."

„A legutóbbi teljesítményed nem volt kielégítő."

„Ich räume ein, dass die Verkäufe zu dieser Jahreszeit langsamer laufen."

„Elismerem, hogy az évnek ebben az időszakában lassabbak az eladások."

„Aber es gibt keine Jahreszeit, in der es keine Verkäufe gibt."

„De nincs olyan időszak az évben, amikor ne lenne eladás."

Für einen Moment vergaß Gregor alles um sich herum.

Gregor egy pillanatra mindent elfelejtett maga körül.

„Aber Herr Prokurist!", rief Gregor verzweifelt aus.

– De hát Prokurist úr! – kiáltotta Gregor kétségbeesetten.

"Ich öffne die Tür sofort, jetzt gleich, keine Sorge."

– Rögtön kinyitom az ajtót, azonnal, ne aggódj.

„Das Problem ist, dass ich mich ziemlich unwohl fühle."

– A probléma az, hogy elég rosszul érzem magam.

„Mir war schwindelig, deshalb konnte ich die Tür nicht erreichen."

„A szédülésem megakadályozott abban, hogy az ajtóig eljussak."

„Ich liege zwar noch im Bett, aber es geht mir schon viel besser."

– Még mindig az ágyban fekszem, de sokkal jobban érzem magam.

"Einen Moment bitte, ich stehe gerade erst auf."

– Egy pillanat, kérem, épp most kelek ki az ágyból.

"Einen Moment Geduld, Herr Prokurist, ist alles, worum ich bitte."

„Csak egy pillanatnyi türelmet kérek, Prokurist úr."

„Es läuft nicht so gut, wie ich dachte, aber ich werde es schon schaffen."

– Nem úgy alakulnak a dolgok, ahogy gondoltam, de minden rendben lesz.

"Wie kann so etwas einem Menschen so schnell passieren?"

„Hogy történhet ilyen dolog valakivel ilyen gyorsan?"

„Mir ging es gestern Abend gut, das wissen meine Eltern."

„Jól éreztem magam tegnap este, a szüleim tudják ezt."

„Aber vielleicht hatte ich damals schon eine kleine Vorahnung."

– De lehet, hogy már akkor is volt egy kis előérzetem.

„Man könnte sich fragen, warum ich es nicht im Büro gemeldet habe."

„Megkérdezheted, miért nem jelentettem az irodában."

„Ich dachte, ich würde mich morgen früh wieder viel besser fühlen."

„Azt hittem, reggelre megint sokkal jobban leszek."

„Man denkt immer, dass sie die Krankheit bis dahin besiegt haben werden."

„Az ember mindig azt hiszi, hogy addigra legyőzi a betegséget."

„Aber bitte! Verschonen Sie meine Eltern vor diesen Anschuldigungen!"

"De kérlek! Kíméld meg a szüleimet ezektől a vádaktól!"

„Mir wurde kein Wort von dem erzählt, was Sie mir erzählt haben."

– Egy szót sem szóltak nekem arról, amit mondtál.

„Sie haben möglicherweise die letzten von mir versandten Befehle nicht gelesen."

„Lehet, hogy nem olvastad az utolsó kiküldött parancsaimat."

„Übrigens, du brauchst dir heute keine Sorgen um mich zu
machen."
– Egyébként ma nem kell aggódnod miattam
„Ich werde trotzdem den Zug um acht Uhr nehmen."
„Én akkor is a nyolcórás vonattal megyek."
„Die wenigen Stunden Ruhe haben mich ausreichend
gestärkt."
„A pár óra pihenés kellően megerősített."
"Sie müssen wirklich nicht warten, Manager."
– Tényleg nem kell várnia, igazgató úr.
„Auch ich werde schon bald im Büro sein."
„Én is hamarosan az irodában leszek."
"Und bitte seien Sie so freundlich, ein gutes Wort für mich
einzulegen."
„És kérlek, légy olyan kedves, és szólj egy jó szót értem."
Gregor hatte seine Erklärung recht hastig vorgetragen.
Gregor elég elhamarkodottan adta elő a magyarázatát.
Er wusste selbst kaum, was er eigentlich sagen wollte.
Alig tudta, mit is akar valójában mondani.
Er ging zu der Kiste und versuchte, sich daran
hochzuziehen.
Odament a dobozhoz, és megpróbált azzal felállni.
Er hatte wirklich die feste Absicht, die Tür zu öffnen.
Tényleg minden szándéka megvolt, hogy kinyissa az ajtót.
Er wollte vom Bevollmächtigten empfangen werden.
Azt szerette volna, ha a meghatalmazott képviselő látja.
Und er wollte das Problem persönlich mit ihm lösen.
És személyesen akarta vele megoldani a problémát.
Er war gespannt darauf, wie die anderen auf ihn reagieren
würden.
Izgatottan várta, hogy a többiek hogyan reagálnak majd rá.
Sie sind bestimmt inzwischen auch gespannt darauf, wie es
ihm geht.
Mostanra már biztosan ők is alig várják, hogy lássák, hogy
van.
Es gab zwei mögliche Arten, wie sie auf ihn reagieren
konnten.

Kétféleképpen reagálhattak rá.
Eine Möglichkeit war, dass sie Angst bekommen würden.
Az egyik lehetőség az volt, hogy megijednek.
Wenn sie Angst hatten, dann trug er keine Verantwortung.
Ha féltek, akkor nem volt felelőssége.
Und dann müsste er sich keine Sorgen mehr um die Situation machen.
És akkor nem kellene aggódnia a helyzet miatt.
Es gab aber auch noch eine andere Möglichkeit, die man in Betracht ziehen musste.
De volt egy másik lehetőség is, amin érdemes volt elgondolkodni.
Vielleicht würden sie ihn so, wie er war, einfach hinnehmen.
Talán nyugodtan elfogadnák olyannak, amilyen.
Dann hätte auch Gregor keinen Grund, sich aufzuregen.
Akkor Gregornak sem lenne oka felháborodni.
Es bliebe noch genügend Zeit, den Zug zu erreichen.
Még lenne elég idő a vonatra.
Das Aufrechtstehen war jedoch alles andere als einfach.
Azonban a felegyenesedés korántsem volt könnyű feladat.
Bei seinen ersten Versuchen rutschte er von der Kiste ab.
Az első néhány próbálkozásra lecsúszott a dobozról.
Die Kiste war zu glatt, als dass er sich dagegen stemmen konnte.
A doboz túl sima volt ahhoz, hogy megálljon mellette.
Und schließlich gab er sich noch einen letzten Anstoß, um aufzustehen.
És végül még egy utolsó lökést adott magának, hogy felálljon.
Er schenkte den Schmerzen in seinem Bauch keine Beachtung mehr.
Nem figyelt többé a hasában érzett fájdalomra.
Egal wie groß der Schmerz sein würde, er würde es durchstehen.
Nem számított, mennyire fájt, túl fog vészelni rajta.
Er ließ sich gegen die Lehne eines nahegelegenen Stuhls fallen.

Hagyta, hogy egy közeli szék támlájára essen.

Und er hielt sich mit seinen kleinen Beinchen am Rand fest.

És a kis lábaival kapaszkodott a szélekbe.

Zu diesem Zeitpunkt hatte er sich besser im Griff.

Ezen a ponton már jobban uralta magát.

Und sein Fall war stiller als der vorherige.

És az esése csendesebb volt, mint az előző.

Weil er dem Manager zuhören musste.

Mert hallgatnia kellett arra, amit a vezető mond.

„Habt ihr irgendetwas davon verstanden?", fragte er die Eltern.

„Értettek ebből valamit?" – kérdezte a szülőktől.

"Er würde uns doch nicht zum Narren halten, oder?"

„Ugye nem csinálna belőlünk bolondot?"

„Um Gottes Willen!", rief die Mutter und weinte bereits.

– Az isten szerelmére! – kiáltotta az anya, már sírva.

„Er könnte schwer krank sein und wir quälen ihn."

„Lehet, hogy súlyosan beteg, és mi gyötörjük."

"Grete! Grete!", schrie sie ihrer Tochter zu.

„Grete! Grete!" – kiáltotta a lánynak.

„Mutter?", rief die Schwester von der anderen Seite.

„Anya?" – kiáltotta a nővér a túloldalról.

Dann kommunizierten sie durch Gregors Zimmer.

Aztán Gregor szobáján keresztül kommunikáltak.

„Gregor ist sehr krank und braucht Medikamente."

„Gregor nagyon beteg, és gyógyszerre van szüksége."

„Sie müssen sofort zum Arzt gehen."

„Azonnal orvoshoz kell mennie."

Hast du gehört, wie Gregor eben gesprochen hat?

„Hallottad, ahogy Gregor az előbb beszélt?"

„Das war die Stimme eines Tieres", sagte der Manager.

– Ez egy állat hangja volt – mondta az igazgató.

Seine Worte waren leise im Vergleich zu den Schreien der Mutter.

Szavai halkak voltak az anya sikolyaihoz képest.

"Anna! Anna!", rief der Vater durch das Vorzimmer.

„Anna! Anna!" – kiáltotta az apa az előszobából.

Und er klatschte in die Hände, um ihre Aufmerksamkeit zu
erregen.
És tapsolt, hogy felhívja magára a figyelmüket.
"Holt sofort einen Schlüsseldienst!", befahl er dem
Dienstmädchen.
„Azonnal hívjatok lakatost!" – parancsolta a szobalánynak.
Die Mädchen rannten in ihren Röcken durch das
Vorzimmer.
A lányok szoknyájukban átfutottak az előszobán.
Und ihre Röcke raschelten, als sie an seinem Zimmer
vorbeiliefen.
És szoknyájuk susogott, ahogy elszaladtak a szobája mellett.
„Wie konnte sich die Schwester so schnell anziehen?",
dachte er.
„Hogy öltözött fel ilyen gyorsan a húg?" – gondolta.
Die Tür war aufgerissen, aber nicht zugeschlagen.
Az ajtót feltépték, de nem csapták be.
Dies kommt häufig in Haushalten vor, in denen ein großes
Unglück geschieht.
Ez gyakori azokban az otthonokban, ahol nagy
szerencsétlenség történik.
All das hatte Gregor jedoch deutlich ruhiger gemacht.
De mindez sokkal nyugodtabbá tette Gregort.
Als er seine eigenen Worte hörte, erschienen sie ihm klar.
Amikor meghallotta a saját szavait, azok világosnak tűntek
számára.
Tatsächlich war er der Ansicht, seine Worte seien eigentlich
klarer gewesen.
Sőt, úgy érezte, hogy szavai tisztábbak lettek.
Die anderen aber verstanden nicht mehr, was er sagte.
De a többiek már nem értették, mit mond.
Vielleicht hatte er sich inzwischen an seine Ohren gewöhnt.
Talán addigra már megszokta a fülét.
Aber zumindest verstanden sie seine Situation jetzt besser.
De legalább most már jobban megértették a helyzetét.
Sie erkannten, dass mit ihm tatsächlich etwas nicht stimmte.
Rájöttek, hogy tényleg valami nincs rendben vele.

Und sie taten nun alles, was sie konnten, um ihm zu helfen.
És most mindent megtettek, hogy segítsenek neki.
Dies gab Gregor ein Gefühl des Selbstvertrauens, das ihm gefehlt hatte.
Ez egy hiányzó magabiztosságot adott Gregornak.
Und er fühlte sich in der Familie wieder viel sicherer.
És sokkal biztonságosabban érezte magát újra a családban.
Er hatte das Gefühl, wieder in den menschlichen Kreis aufgenommen zu sein.
Úgy érezte, újra beilleszkedett az emberi körbe.
Nun musste er hoffen, dass der Schlüsseldienst die Tür öffnen konnte.
Most már abban kellett reménykednie, hogy a lakatos ki tudja nyitni az ajtót.
Und er hoffte, der Arzt könne solche Aufgaben ausführen.
És remélte, hogy az orvos el tudja végezni az ilyen feladatokat.
Er würde bald wieder mehr reden müssen.
Hamarosan újra többet kell majd beszélnie.
Seine Stimme musste so klar wie möglich sein.
A hangjának a lehető legtisztábbnak kellett lennie.
Zur Vorbereitung auf das Treffen räusperte er sich.
A megbeszélésre felkészülve megköszörülte a torkát.
Er bemühte sich jedoch, nur sehr leise zu husten.
Azonban mindent megtett, hogy csak nagyon halkan köhögjön.
Das Geräusch klang möglicherweise anders als ein menschlicher Husten.
A zaj talán másképp hangzott, mint egy emberi köhögés.
Er wusste, dass er solche Dinge nicht mehr unterscheiden konnte.
Tudta, hogy már nem tud különbséget tenni az ilyen dolgok között.
Im Nebenzimmer war es vollkommen still geworden.
A szomszéd szobában teljesen elcsendesedett.
Die Eltern saßen wahrscheinlich am Tisch.
A szülők valószínűleg az asztalnál ültek.
Möglicherweise flüsterten sie mit dem Manager.

Lehet, hogy suttogtak a menedzserrel.

Vielleicht lehnten alle an der Tür und lauschten.

Talán mindenki az ajtónak támaszkodva hallgatózott.

Gregor schob den Stuhl langsam in Richtung Tür.

Gregor lassan az ajtó felé tolta a széket.

Er stemmte sich gegen die Tür und hielt sich aufrecht.

Nekinyomta magát az ajtónak, és egyenesen tartotta magát.

Er stellte fest, dass sich an seinen Fußsohlen ein wenig Klebstoff befand.

Megtudta, hogy a talppárnáin van egy kis ragasztó.

Und er ruhte sich dort einen Moment lang von der Anstrengung aus.

És ott egy pillanatra megpihent a megerőltetéstől.

Nachdem er sich ausreichend ausgeruht hatte, begann er mit der nächsten Aufgabe.

Miután eleget pihent, nekilátott a következő feladatnak.

Er begann, den Schlüssel mit dem Mund im Schloss zu drehen.

Szájával elkezdte forgatni a kulcsot a zárban.

Leider schien er gar keine Zähne zu haben.

Sajnos úgy tűnt, hogy valójában nem voltak fogai.

Aber welche andere Möglichkeit hätte er gehabt, an die Schlüssel zu gelangen?

De milyen más módja volt a kulcsok ellopására?

Zum Glück für ihn waren seine Kiefer natürlich sehr kräftig.

Szerencsére az állkapcsa természetesen nagyon erős volt.

Mit Hilfe seiner Kiefermuskeln brachte er den Schlüssel tatsächlich in Bewegung.

Az állkapcsa segítségével tényleg megmozdította a kulcsot.

Er hatte keinen Zweifel daran, dass er sich damit auch selbst schadete.

Nem kételkedett benne, hogy ezzel ő maga is ártott magának.

Weil eine braune Flüssigkeit aus seinem Mund kam.

Mert barna folyadék folyt ki a szájából.

Die braune Flüssigkeit ergoss sich über den Schlüssel und die Tür hinunter.

A barna folyadék átfolyt a kulcson, majd lefolyt az ajtón.

Aber Gregor kümmerte es nicht, dass er sich selbst schadete.

De Gregort nem érdekelte, hogy ezzel kárt tesz magában.

„Können Sie das hören?", fragte der Manager im Nebenraum.

„Hallod ezt?" – kérdezte az igazgató a szomszéd szobában.

„Er dreht den Schlüssel um", hatte der Manager bemerkt.

„Kulcsot fordít" – vette észre a menedzser.

Diese Worte waren eine große Ermutigung für Gregor.

Ezek a szavak nagy bátorítást jelentettek Gregor számára.

Aber auch Vater und Mutter hätten rufen sollen:

De az apának és anyának is fel kellett volna kiáltania:

„Gut gemacht, Gregor!", hätten sie ihm zurufen sollen.

„Jó, Gregor!" – kellett volna odakiáltaniuk neki.

„Immer weiter, immer weiter am Schlüssel drehen, du schaffst das."

"Csak így tovább, csak fordítsd a kulcsot, meg tudod csinálni."

Stattdessen musste Gregor sich ihre Begeisterung vorstellen.

De Gregornak ehelyett az izgalmukat kellett elképzelnie.

Er presste die Zähne zusammen mit aller Kraft, die er hatte.

Minden erejével összeszorította az állkapcsát.

Und er drehte den Schlüssel weiter im Schloss.

És tovább forgatta a kulcsot a zárban.

Sein Körper wand sich schmerzhaft im Kreis.

Fájdalmasan tekergett a teste egy kört leírva.

Er konnte sich nur noch mit dem Mund aufrecht halten.

Most már csak a szája segítségével tartotta magát egyenesen.

Um den Schlüssel weiterzudrehen, drückte er gegen die Tür.

Hogy tovább tekergesse a kulcsot, az ajtóhoz nyomta.

Schließlich weckte das Knacken des Schlosses Gregor wieder auf.

Végül a zár kattanása ismét felébresztette Gregort.

„Ich brauchte also keinen Schlüsseldienst", seufzte er erleichtert.

– Szóval nem volt szükségem a lakatosra – sóhajtott fel megkönnyebbülten.

Jetzt musste er nur noch die Tür öffnen, die er aufgeschlossen hatte.

Most már csak ki kellett nyitnia az ajtót, amit kinyitott.
Und mit dem Kopf auf dem Türgriff öffnete er die Tür.
És a fejét a kilincsre téve kinyitotta az ajtót.
Er befand sich hinter der Tür, die in sein Zimmer führte.
Az ajtó mögött volt, ami a szobájába nyílt.
Die Tür war also schon offen, bevor man ihn sehen konnte.
Tehát az ajtó már nyitva volt, mielőtt megláthatták volna.
Als Nächstes musste er sich um die Tür herummanövrieren.
Ezután magát az ajtót kellett megkerülnie.
Diese schwierige Bewegung erforderte auch viel Mühe.
Ez a nehéz mozdulat is sok erőfeszítést igényelt.
Er wollte nicht ungeschickt in den nächsten Raum fallen.
Nem akart esetlenül átesni a szomszéd szobába.
**So hatte er keine Zeit, sich auf irgendetwas anderes zu
konzentrieren.**
Így nem volt ideje semmi másra figyelni.
Doch dann hörte er den Hauptsekretär laut „Oh!" ausrufen.
De aztán hallotta, hogy a főjegyző hangosan felkiált: „Ó!"
Es klang, als würde der Wind durchs Haus rauschen.
Úgy hangzott, mintha a szél végigsöpört volna a házban.
Er war zufällig derjenige, der der Tür am nächsten stand.
Véletlenül ő állt a legközelebb az ajtóhoz.
Und als er ihn nun sah, presste er die Hand an den Mund.
És most, hogy meglátta, a szájához emelte a kezét.
Langsam bewegte er sich rückwärts, weg von Gregor.
Lassan hátrált, eltávolodva Gregortól.
Aber es war, als ob eine unsichtbare Kraft auf ihn einwirkte.
De mintha egy láthatatlan erő hatott volna rá.
Das Erste, was die Mutter tat, war, den Vater anzusehen.
Az anya első dolga az volt, hogy apára nézett.
Trotz der Anwesenheit des Managers war ihr Haar zerzaust.
A menedzser jelenléte ellenére a haja kócos volt.
**Sie verschränkte die Arme und machte zwei Schritte nach
vorn.**
Kitárta a karját, és két lépést tett előre.
Doch dann brach sie mitten in ihrem Rock zusammen.
De aztán a szoknyája közepén összeesett.

Ihr Kleid breitete sich um sie herum auf dem Boden aus.

A ruhája szétterült körülötte a padlón.

Und ihr Kopf verschwand auf ihren eigenen Brüsten.

És a feje eltűnt a saját mellén.

Der Vater ballte mit feindseligem Gesichtsausdruck die Faust.

Az apa ellenséges arckifejezéssel ökölbe szorította a kezét.

Er schien Gregor zurück in sein Zimmer drängen zu wollen.

Úgy tűnt, azt akarja, hogy Gregort visszatolják a szobájába.

Dann blickte er unsicher im Wohnzimmer umher.

Aztán bizonytalanul körülnézett a nappaliban.

Und schließlich bedeckte er seine Augen mit den Händen.

És végül a kezébe temette a szemét.

Und er weinte bitterlich, bis seine mächtige Brust erbebte.

És keservesen sírt, míg hatalmas mellkasa remegni nem kezdett.

Gregor betrat ihr Zimmer tatsächlich gar nicht.

Gregor valójában be sem ment a szobájukba.

Stattdessen lehnte er sich an den Türrahmen.

Ehelyett az ajtófélfának támaszkodott.

Von außen war nur die Hälfte seines Körpers sichtbar.

A kint lévők számára csak testének fele volt látható.

Und auf seinem Körper befand sich sein Kopf, zur Seite geneigt.

És a teste tetején volt a feje, oldalra billentve.

Das Licht war inzwischen viel heller geworden als zuvor.

Ekkorra a fény sokkal erősebb lett, mint korábban.

Man konnte nun deutlich die andere Straßenseite sehen.

Most már tisztán lehetett látni az utca másik oldalát.

Ein Teil des endlosen, grauen Krankenhauses gab sich zu erkennen.

A végtelen, szürke kórház egy része feltárult.

Der Morgenregen hatte noch nicht ganz aufgehört.

A reggeli eső még nem állt el teljesen.

Doch nun waren die Regentropfen größer und weiter voneinander entfernt.

De most az esőcseppek nagyobbak voltak, és távolabb voltak egymástól.

Das Frühstücksbuffet war in Hülle und Fülle vorhanden.

A reggeli ételek bőségesen voltak az asztalon.

Der Vater hielt das Frühstück für die wichtigste Mahlzeit.

Az apa a reggelit tartotta a legfontosabb étkezésnek.

Das Frühstück war eine Mahlzeit, die er stundenlang in die Länge zog.

A reggeli egy olyan étkezés volt, amit órákig húzott.

Und in diesen Stunden las er die verschiedenen Zeitungen.

És ezekben az órákban különféle újságokat olvasott.

Direkt gegenüber hing ein Foto von Gregor.

Közvetlenül a szemközti falon Gregor fényképe lógott.

Das Foto an der Wand zeigte ihn als Leutnant.

A falon lévő fényképen hadnagyként ábrázolták.

Es war ein Foto aus seiner Zeit beim Militär.

Egy kép volt abból az időből, amikor a katonaságnál szolgált.

Seine Hand ruhte auf seinem Schwert, und er hatte ein unbeschwertes Lächeln im Gesicht.

A kardján volt a keze, és gondtalan mosoly ült az arcán.

Seine Haltung und seine Uniform flößten einen gewissen Respekt ein.

Testtartása és egyenruhája bizonyos tiszteletet követelt.

Die andere Tür, die zum Vorzimmer führte, war ebenfalls offen.

A másik ajtó, ami az előszobába vezetett, szintén nyitva volt.

Und die Tür zur Wohnung war auch noch offen.

És a lakás ajtaja még mindig nyitva volt.

Man konnte bis zum Vorhof des Wohnhauses sehen.

Egészen a lakás előudvaráig ellátni lehetett.

Und dann führte die Treppe hinunter auf die Straße.

És aztán a lépcső vezetett le az alatta lévő utcára.

Gregor war der Einzige, der die Fassung bewahrt hatte.

Gregor volt az egyetlen, aki megőrizte a hidegvérét.

Er hat das gesehen, daher lag die Verantwortung für das Gespräch bei ihm.

Látta ezt, így a beszélgetés az ő felelőssége volt.

"So, ich werde mich jetzt für die Arbeit anziehen", sagte er.
– Na, akkor most felöltözöm a munkába – mondta.
„Sobald ich die Textilmuster verpackt habe, werde ich
abreisen."
"Miután becsomagoltam a textilmintákat, elmegyek."
"Beabsichtigen Sie immer noch, mich zu entlassen, Herr
Prokurist?"
„Még mindig szándékában áll tüzet gyújtani, Prokurist úr?"
„Wie Sie sehen, bin ich nicht so stur, wie Sie dachten."
– Mint látod, nem vagyok olyan makacs, mint hitted.
„Und Sie können sehen, dass ich doch gerne arbeite."
– És láthatod, hogy végül is szeretek dolgozni.
„Ich kann zugeben, dass Reisen aus beruflichen Gründen
nicht einfach ist."
„Bevallom, hogy a munka miatti utazás nem könnyű."
„Aber ich kann auch akzeptieren, dass es Teil meines Jobs
ist."
„De azt is el tudom fogadni, hogy ez a munkám része."
"Manager, wo gehen Sie hin? Zurück ins Büro?"
„Főnök úr, hová megy? Vissza az irodába?"
„Werden Sie alles, was Sie gesehen haben, wahrheitsgemäß
berichten?"
„Őszintén beszámolsz mindenről, amit láttál?"
„Manchmal kommt es vor, dass man nicht zur Arbeit gehen
kann."
– Előfordul, hogy az ember nem tud dolgozni menni.
„Das ist der richtige Zeitpunkt, um sich an vergangene
Erfolge zu erinnern."
„Itt az ideje felidézni a múlt sikereit."
„Nachdem die Schwierigkeit beseitigt wurde, funktioniert
es sogar noch besser."
"A nehézség eltávolítása után még jobban fog működni az
ember."
„Mein Fleiß und meine Konzentration werden zunehmen."
„A szorgalmam és a koncentrációm növekedni fog."
"Sie wissen ganz genau, dass ich dem Chef etwas schulde."
– Nagyon jól tudod, hogy adós vagyok a főnöknek.

„Aber ich mache mir auch Sorgen um meine Eltern und meine Schwester."

„De aggódom a szüleimért és a nővéremért is."

„Ich stecke in einer schwierigen Lage, aber ich werde einen Weg finden, da wieder herauszukommen."

„Szűk helyzetben vagyok, de ki fogok törekedni belőle."

„Macht es nicht noch schwieriger, als es ohnehin schon ist."

– Ne tedd ezt nehezebbé, mint amilyen már így is van.

„Als Kollegen müssen wir uns auch gegenseitig helfen."

„Munkatársakként nekünk is segítenünk kell egymást."

„Ich weiß, dass die Büroangestellten die Reisenden nicht mögen."

„Tudom, hogy az irodai dolgozók nem szeretik az utazókat."

„Ihr glaubt, wir verdienen ein Vermögen und führen ein gutes Leben."

„Azt hiszed, vagyonokat keresünk és jól élünk?"

„Sie haben keinen wirklichen Grund, ihre Vorurteile zu hinterfragen."

„Nincs igazi okuk arra, hogy figyelembe vegyék az előítéleteiket."

„Sie als befugter Beamter haben jedoch eine andere Rolle."

„De Önnek, felhatalmazott tisztviselőnek, más szerepe van."

„Sie haben einen besseren Überblick als die anderen Mitarbeiter."

„Jobb rálátásod van a dolgokra, mint a többi alkalmazottnak."

„Tatsächlich glaube ich, dass Sie den besten Überblick haben."

„Sőt, azt hiszem, neked van a legjobb áttekintésed."

„Sie haben einen besseren Überblick als der Chef selbst."

„Jobb rálátásod van a dolgokra, mint magának a főnöknek."

„Ich gebe zu, dass der Chef die unternehmerische Arbeit leistet."

„Elismerem, hogy a főnök valóban végzi a vállalkozói munkát."

„Aber es ist leicht, dass seine Urteile in die Irre geführt werden."

„De könnyen félrevezethetőek az ítéletei."

„Und diese kleinen Fehleinschätzungen können uns zum
Nachteil gereichen."
„És ezek az apró téves ítéletek a kárunkra válhatnak."
„Sie wissen ja, wie leicht es ist, über den Reisenden zu
sprechen."
„Tudod, milyen könnyű az utazóról beszélni."
„Er ist nicht da, um seinen Ruf vor Gerüchten zu
verteidigen."
„Nem azért van ott, hogy megvédje a hírnevét a pletykáktól."
„Diese Anschuldigungen können leicht nur Zufälle sein."
„Ezek a vádak könnyen lehetnek csak véletlenek."
„Viele Beschwerden beruhen nicht einmal auf irgendeiner
Wahrheit."
„Sok panasznak nincs semmilyen igazságalapja."
„Er ist fast das ganze Jahr über nicht im Büro."
„Szinte egész évben nincs az irodában."
Welche Chance hat er, seinen Ruf zu verteidigen?
„Milyen esélye van megvédeni a saját hírnevét?"
„Er erfährt gar nichts von den Anschuldigungen."
„Még csak hallani sem kell a vádakról."
„Er erfährt erst, was gesagt wurde, wenn es zu spät ist."
„Akkor jön rá, hogy miről beszéltek, amikor már túl késő."
„Zu diesem Zeitpunkt ist er von der Tagesreise völlig
erschöpft."
„Eddig már teljesen kimerül az egész napi utazástól."
„Er muss die schrecklichen Konsequenzen trotzdem am
eigenen Leib erfahren."
„Úgyis szembe kell néznie a szörnyű következményekkel."
„Auch wenn er keine Möglichkeit hat, das Problem zu
verstehen."
– Annak ellenére, hogy semmiképpen sem értheti a problémát.
"Oh Manager, gehen Sie nicht, ohne mir ein Wort zu sagen."
„Ó, igazgató úr, ne menjen el anélkül, hogy egy szót is szólna
hozzám."
„Sag mir wenigstens, dass du mir teilweise zustimmst."
– Legalább azt mondd, hogy részben egyetértesz velem.

Der Manager hatte sich aber schon viel früher von Gregor abgewandt.

De a menedzser már jóval korábban elfordult Gregortól.

Seine Schulter zuckte, als er Gregor anblickte.

Megrándult a válla, amikor visszanézett Gregorra.

Und er blieb während der gesamten Rede kein einziges Mal stehen.

És a beszéd alatt egyszer sem állt meg egy helyben.

Er hatte Gregor mit zusammengepressten Lippen angesehen.

Összeszorított ajkakkal nézett vissza Gregorra.

Er hatte sich allmählich in Richtung Tür zurückgezogen.

Fokozatosan hátrált az ajtó felé.

Aber auch er konnte den Blick nicht von Gregor abwenden.

De a tekintetét sem tudta levenni Gregorról.

Er hatte das Gefühl, es gäbe ein geheimes Verbot, den Raum zu verlassen.

Úgy érezte, mintha titkos tilalom lenne érvényben a szoba elhagyására.

Zu diesem Zeitpunkt befand er sich aber bereits in der Eingangshalle.

De ebben a pillanatban már a bejárati csarnokban volt.

Und nun machte er eine plötzliche Bewegung in Richtung Ausgang.

És most hirtelen mozdulattal a kijárat felé indult.

Er streckte seine rechte Hand in Richtung der Treppe aus.

Kinyújtotta a jobb kezét a lépcső felé.

Vielleicht wartete eine übernatürliche Macht darauf, ihn zu retten.

Talán egy természetfeletti erő várt rá, hogy megmentse.

Gregor wusste, dass er ihn so nicht gehen lassen konnte.

Gregor tudta, hogy nem engedheti meg, hogy így elmenjen.

Der Manager darf nicht in der Stimmung zurückkehren, in der er sich befand.

A menedzsernek nem szabad abban a hangulatban visszatérnie, amiben volt.

Gregors Arbeitsplatz war stark gefährdet.

Gregor állása komoly veszélyben forgott.

Die Eltern konnten das alles nicht vollständig verstehen.

A szülők nem tudták mindezt teljesen felfogni.

Über die Jahre hatten sie sich an seine Arbeitsplatzsicherheit gewöhnt.

Az évek során megszokták a munkahelyi biztonságát.

Und sie waren davon überzeugt, dass er den Job auf Lebenszeit hatte.

És meg voltak győződve arról, hogy életre szóló állása van.

Stattdessen hatten sie sich mit anderen Sorgen beschäftigt.

Ehelyett más gondokkal voltak elfoglalva.

Doch diese Bedenken führten dazu, dass sie jegliche Weitsicht verloren.

De ezek az aggodalmak oda vezettek, hogy elvesztették minden előrelátásukat.

Gregor hatte jedoch die elterliche Weitsicht nicht verloren.

Gregor azonban nem veszítette el a szülő előrelátását.

Jemand musste den Bevollmächtigten stoppen.

Valakinek meg kellett állítania a meghatalmazott képviselőt.

Er musste ihn beruhigen und überzeugen.

Meg kellett volna nyugtatnia és meggyőznie.

Davon hing die Zukunft von Gregor und seiner Familie ab!

Gregor és családja jövője múlott rajta!

Wenn doch nur die kluge Schwester da gewesen wäre, um zu helfen.

Bárcsak itt lett volna az az intelligens nővér, hogy segítsen.

Sie hatte schon geweint, als Gregor noch in seinem Zimmer war.

Már akkor sírt, amikor Gregor még a szobájában volt.

Zu diesem Zeitpunkt lag er einfach nur ruhig auf dem Rücken.

Abban a pillanatban csak csendben feküdt a hátán.

Sie wusste damals schon um die Bedeutung der Situation.

Akkor már tisztában volt a helyzet fontosságával.

Der Manager hatte bekanntermaßen eine Schwäche für Frauen.

A menedzser köztudottan gyengéd érzelmekkel viseltetett a nők iránt.

Sie hätte ihn leicht dazu überreden können, länger zu bleiben.

Könnyen rávehette volna, hogy tovább maradjon.

Sie hätte die Tür geschlossen und ihn wieder hineingeführt.

Becsukta volna az ajtót, és visszakísérte volna.

Doch leider war die Schwester bereits aufgebrochen, um einen Arzt zu holen.

De sajnos a nővér orvoshoz ment.

Deshalb blieb Gregor nichts anderes übrig, als es selbst zu tun.

Gregornak ezért nem volt más választása, mint hogy maga tegye meg.

Er hatte nicht bedacht, welche Fähigkeiten er tatsächlich besaß.

Nem gondolta át, hogy valójában milyen képességei vannak.

Und er hatte vergessen, seiner Fähigkeit zu sprechen zu misstrauen.

És elfelejtette, hogy ne bízzon a saját beszédképességében.

Dennoch verließ er die Sicherheit seines Zimmers.

De ennek ellenére elhagyta szobája biztonságos környezetét.

Und er drängte sich durch die Öffnung des Zimmers.

És átfurakodott a szoba nyílásán.

Der Manager war bereits auf dem Weg die Treppe hinunter.

A menedzser már úton volt lefelé a lépcsőn.

Aber er hielt sich mit beiden Händen am Geländer fest.

De mindkét kezével a korlátba kapaszkodott.

Gregor stürzte, als er sich durch die Tür schob.

Gregor elesett, miközben átfurakodott az ajtón.

Er stieß einen kleinen Schrei aus, als er nach Halt griff.

Egy halk sikolyt hallatott, miközben támasztékot keresett.

Doch anstatt in Panik zu geraten, verspürte er ein körperliches Wohlbefinden.

De a pánik helyett fizikai jóllétet érzett.

Zum ersten Mal an diesem Morgen fühlte sich etwas richtig an.

Azon a reggelen először valami rendben lévőnek tűnt.

Alle seine Beine standen nun auf festem Boden.

Most már minden lába szilárd talajon volt.

Er war überrascht, wie gut er seine Beine kontrollieren konnte.

Meglepődött, milyen jól tudja irányítani a lábait.

Er freute sich, festzustellen, dass seine Beine ihm vollkommen gehorchten.

Örömmel vette észre, hogy a lábai teljesen engedelmeskednek neki.

Tatsächlich trugen ihn seine Beine überall hin, wo er hinwollte.

Sőt, a lábai oda vitték, ahová akarta.

Bald würden all seine Sorgen ein Ende finden.

Hamarosan minden bánata véget ért.

Doch im selben Augenblick sprang seine eigene Mutter auf.

De ugyanabban a pillanatban a saját anyja is felugrott.

Ihre Arme waren ausgestreckt und ihre Finger gespreizt.

Karjait kinyújtva, ujjait széttárva tartotta.

Und sie schrie: „Hilfe, um Gottes willen, helft mir!"

És felkiáltott: "Segítség, az Isten szerelmére, valaki segítsen!"

Sie neigte den Kopf; sie wollte Gregor besser sehen.

Félrebillentette a fejét; jobban akarta látni Gregort.

Doch im Gegensatz zu ihrer ersten Handlung rannte sie zurück.

De az első mozdulattal ellentétben visszaszaladt.

Sie hatte vergessen, dass der Tisch hinter ihr gedeckt war.

Elfelejtette, hogy az asztalt megterítették mögötte.

Alle Speisen fürs Frühstück standen noch auf dem Tisch.

Még minden reggelihez való dolog az asztalon volt.

Sie setzte sich hastig auf den Tisch, als sei sie abgelenkt.

Sietősen leült az asztalra, mintha valami elterelte volna a figyelmét.

Und sie schien den verschütteten Kaffee nicht zu bemerken.

És úgy tűnt, észre sem veszi a kiömlött kávét.

Der Kaffee, der inzwischen in den Teppich eingezogen war.

A kávé, ami most a szőnyegbe ázott.

„Mutter, Mutter", sagte Gregor leise und blickte zu ihr auf.

– Anya, anya – mondta Gregor halkan, és felnézett rá.

Im Moment war ihm der Manager nicht wichtig.

Egyelőre a menedzser nem volt fontos számára.

Aber da war auch noch der Kaffee, der auf den Teppich tropfte.

De ott volt a szőnyegre csöpögő kávé is.

Gregor konnte nicht widerstehen und schnappte nach dem Kaffee.

Gregor nem tudott ellenállni a kísértésnek, és összeszorította a száját a kávéra.

Die Mutter fing wegen seines Verhaltens wieder an zu weinen.

Az anya újra sírni kezdett a viselkedése miatt.

Sie sprang vom Tisch, um Abstand von ihm zu gewinnen.

Leugrott az asztalról, hogy eltávolodjon tőle.

Und sie rannte in die Arme ihres Vaters, um Schutz zu suchen.

És az apja karjaiba rohant, biztonságba.

Doch Gregor hatte jetzt keine Zeit mehr für seine Eltern.

De Gregornak most nem volt ideje a szüleire.

Der zuständige Beamte befand sich bereits auf der Treppe.

A megbízott tisztviselő már a lépcsőn volt.

Er hatte sein Kinn auf dem Geländer, um ins Haus zu schauen.

Az állát a korlátra támasztotta, hogy belásson a házba.

Offenbar wollte er sich das Spektakel noch ein letztes Mal ansehen.

Nyilvánvalóan még utoljára szeretett volna rápillantani a látványosságra.

Und Gregor unternahm einen letzten Versuch, den Manager zu erreichen.

Gregor pedig utolsó erőfeszítést tett, hogy elérje a vezetőt.

Er rannte so sicher wie möglich zur Tür.

Olyan biztonságosan rohant az ajtó felé, amennyire csak tudott.

Aber der Hauptsekretär muss etwas geahnt haben.

De a főjegyzőnek gyanítania kellett valamit.

Denn er sprang mehrere Stufen hinunter und verschwand.

Mert leugrott pár lépcsőfokról, és eltűnt.

"Huh!", rief Gregor, und sein Ruf hallte durch das Treppenhaus.

– Hű! – kiáltotta Gregor, visszhangozva a lépcsőházban.

Die Flucht des Managers schien auch seinen Vater zu verwirren.

A menedzser szökése láthatóan az apját is összezavarta.

Bis dahin war es ihm gelungen, recht gefasst zu bleiben.

Addig sikerült egészen nyugodtnak maradnia.

Doch leider verlor auch er die Fassung, die er zuvor besessen hatte.

De sajnos ő is elvesztette az addigi önuralmát.

Er hätte Gregor bei seinem Vorhaben helfen sollen.

Amit tennie kellett volna, az az, hogy segítsen Gregornak az üldözésében.

Doch er packte den Gehstock des Managers mit einer Hand.

De az egyik kezével megragadta a menedzser sétabotját.

In seiner anderen Hand hielt er nun eine Zeitung.

A másik kezében most egy újságot tartott.

Und nun behinderte er Gregor direkt bei seinem Vorhaben.

És most közvetlenül akadályozta Gregort az üldözésében.

Er hatte sich zwischen Gregor und die Straße gestellt.

Gregor és az utca közé helyezkedett.

Er stampfte mit den Füßen auf und fuchtelte mit dem Stock und der Zeitung herum.

Topogott a lábával, és lengette a botot meg az újságot.

Und er zwang Gregor aktiv zurück in sein Zimmer.

És aktívan visszakényszerítette Gregort a szobájába.

Keine der Bitten, die Gregor äußerte, half.

Gregor egyik kérése sem segített.

Weil keines seiner Anliegen verstanden wurde.

Mert egyik kérését sem értették meg.

Er wandte den Kopf in eine tiefere, demütigere Haltung.

Mélyebb, alázatosabb szögbe fordította a fejét.

Doch sein Vater antwortete, indem er noch heftiger mit den Füßen aufstampfte.

De az apja még erősebben dobbantott a lábával.

Die Mutter öffnete trotz des kühlen Wetters ein Fenster.
Az anya a hűvös idő ellenére is ablakot nyitott.
Und sie presste ihr Gesicht in die Hände vor Kälte.
És a hidegben a kezébe temette az arcát.
Der Wind konnte nun durch die gesamte Wohnung strömen.
A szél most már az egész lakáson át tudott fújni.
Ein starker Luftzug wehte vom Treppenhaus in die Gasse.
Erős huzat fújt a lépcső felől a sikátorba.
Die Vorhänge wurden vom starken Wind hin und her bewegt.
A függönyöket lobogtatta az erős szél.
Und die Zeitung auf dem Tisch raschelte im Wind.
És az asztalon heverő újság zizegett a szélben.
Sogar einige Blätter wurden von draußen ins Haus geweht.
Még néhány levelet is befújt a szél kintről a házba.
Der Vater stampfte mit den Füßen und schob unerbittlich.
Az apa dobbantott a lábával, és könyörtelenül tolta a lábát.
Und er zischte und gab Geräusche von sich, wie es ein Wilder tun würde.
És sziszegett, és olyan hangokat adott ki, mint egy vadember.
Gregor hatte das Rückwärtsgehen aber noch nicht geübt.
De Gregor még nem gyakorolta a hátrafelé járást.
Selbst Gregor würde zugeben, dass diese Bewegung wesentlich langsamer vonstatten ging.
Még Gregor is elismerné, hogy ez a mozgás sokkal lassabb volt.
Doch alles, was er wollte, war die Gelegenheit, umzukehren.
De csak a lehetőséget akarta, hogy megfordulhasson.
Dann wäre er sofort in sein Zimmer gegangen.
Akkor azonnal a szobájába ment volna.
Aber er hatte zu große Angst, seinen Vater ungeduldig zu machen.
De túlságosan félt, hogy türelmetlenné teszi apját.
Und es bestand die Drohung mit einem Schlag mit dem Stock.
És ott volt a botütés veszélye is.
Ein solcher Schlag auf den Hinterkopf könnte tödlich sein.

Egy ilyen ütés a fej hátsó részére végzetes lehet.
Am Ende blieb Gregor jedoch keine andere Wahl.
De végül Gregornak nem maradt más választása.
Ihm wurde klar, dass er nicht einmal mehr geradeaus rückwärts gehen konnte.
Rájött, hogy még hátrafelé sem tud egyenesen menni.
Er begann sich so schnell wie möglich umzudrehen.
Olyan gyorsan kezdett megfordulni, amilyen gyorsan csak tudott.
Doch in Wirklichkeit war diese Drehbewegung genauso langsam.
De a valóságban ez a fordulómozgás ugyanolyan lassú volt.
Und ihm folgten die besorgten Blicke des Vaters.
És őt követték az apa aggódó pillantásai.
Vielleicht bemerkte der Vater Gregors gute Absichten.
Talán az apa észrevette Gregor jó szándékát.
Weil er ihn nicht daran hinderte, sich umzudrehen.
Mert nem zavarta meg abban, hogy megforduljon.
Er benutzte sogar die Spitze seines Stocks, um die Drehung zu steuern.
Még a botja hegyét is használta a forgás irányításához.
Gregor wünschte sich aber dennoch, sein Vater hätte ihn nicht angefaucht!
De Gregor még mindig azt kívánta, bárcsak az apa ne sziszegett volna rá!
Das Zischen trug nur noch zur Verwirrung des Augenblicks bei.
A sziszegés csak fokozta a pillanatnyi zűrzavart.
Und dann unterlief ihm ein Fehler, und er bog in die falsche Richtung ab.
Aztán hibázott, és rossz irányba fordult.
Am Ende gelang es ihm schließlich doch, den richtigen Weg einzuschlagen.
Végül sikerült a helyes irányba fordulnia.
Und er war zufrieden mit den Fortschritten, die er gemacht hatte.
És elégedett volt az elért haladással.

Doch dann trat das nächste Problem noch deutlicher zutage.

De aztán a következő probléma még nyilvánvalóbbá vált.

Sein Körper war zu breit, um problemlos durch die Tür zu passen.

A teste túl széles volt ahhoz, hogy könnyen átférjen az ajtón.

In seinem jetzigen Zustand bemerkte der Vater dies nicht.

Jelenlegi állapotában az apa ezt nem vette észre.

Deshalb kam es ihm nicht in den Sinn, die Tür weiter zu öffnen.

Így eszébe sem jutott, hogy jobban kinyissa az ajtót.

Dann wäre genügend Platz für Gregor gewesen.

Akkor lett volna elég hely Gregornak.

Seine einzige Priorität war es, Gregor in sein Zimmer zu bringen.

Az egyetlen prioritása az volt, hogy Gregort bejuttassa a szobájába.

Er hätte aufstehen müssen, um durch die Tür zu passen.

Fel kellett volna állnia, hogy beférjen az ajtón.

Der Vater hätte ein solches Manöver jedoch nicht zugelassen.

De az apa nem engedett volna meg egy ilyen manővert.

Tatsächlich fauchte er ihn noch heftiger an als zuvor.

Sőt, még vadabban sziszegett rá, mint azelőtt.

Es klang nach mehr als nur einem Mann, der ihn anzischt.

Úgy hangzott, mintha nem csak egy férfi sziszegett volna rá.

Seine Forderungen schienen nun an Dringlichkeit gewonnen zu haben.

Követelései mögött mintha új sürgetés bontakozott volna ki.

Für Spielereien war jetzt wirklich keine Zeit mehr.

Most már tényleg nem volt idő a babrálásra.

Was auch immer geschah, Gregor musste durch die Tür gelangen.

Bármi is történt, Gregornak át kellett jutnia az ajtón.

Er kämpfte sich ohne jegliche Rücksicht auf sich selbst durch.

Mindenféle önbecsülés nélkül erőltette végig magát.

**Durch die Bewegung wurde eine Seite seines Körpers nach
oben gedrückt.**
Testének egyik oldala felfelé kónyszerült a mozgástól.
Und er lag unbeholfen und schief zwischen den Türrahmen.
És esetlenül és ferdén feküdt az ajtónyílás között.
Eine seiner Flanken war am Holz wundgescheuert.
Az egyik oldalát a fához dörzsölték.
**Und er hatte hässliche Flecken auf der weiß gestrichenen
Tür hinterlassen.**
És csúnya foltokat hagyott a fehérre festett ajtón.
**Auf einer Seite seines Körpers hingen die Beine zitternd in
der Luft.**
Az egyik oldaláról remegő lábak lógtak a levegőben.
**Seine anderen Beine drückten schmerzhaft gegen den
Boden.**
A többi lába fájdalmasan a padlóba nyomódott.
**Bald würde er vollständig zwischen den Türen eingeklemmt
sein.**
Hamarosan teljesen az ajtó között ragadt.
**Und dann hätte er sich überhaupt nicht mehr bewegen
können.**
És akkor egyáltalán nem tudott volna mozdulni.
**Doch der Vater gab ihm einen wahrhaft befreienden,
starken Anstoß.**
De az apa egy igazán felszabadító, erős lökést adott neki.
Und er stürzte, stark blutend, tief in sein Zimmer hinein.
És vérzőn, mélyen a szobájába zuhant.
Der Vater knallte die Tür hinter sich mit seinem Stock zu.
Az apa a botjával becsapta maga mögött az ajtót.
Und dann kehrte endlich wieder Ruhe ein.
És akkor végre újra béke és csend lett.

Teil Zwei
Második rész

Gregor wachte erst viel später am Tag auf.

Gregor csak sokkal később ébredt fel a nap folyamán.

Die Dämmerung war hereingebrochen; er hatte tief und fest geschlafen.

Alkonyodott; mélyen és öntudatlanul aludt.

Er wäre auch ohne Störung aufgewacht.

Még zavarás nélkül is felébredt volna.

Denn er fühlte sich ausreichend ausgeruht und gut geschlafen.

Mert úgy érezte, hogy kellően kipihent és jól aludt.

Aber er glaubte, draußen flüchtige Schritte zu hören.

De mintha néhány futó lépést hallott volna kintről.

Und vielleicht hat jemand die Haustür sorgfältig geschlossen.

És valaki gondosan becsukhatta a bejárati ajtót.

Das Licht der elektrischen Straßenbahn lag blass an der Decke.

A villanyvillamos fénye halványan vetült a mennyezetre.

Auch die Oberseite der Möbel wurde ein wenig beleuchtet.

A bútorok teteje is kapott egy kis fényt.

Doch unten am Boden, auf Gregors Höhe, war es dunkel.

De lent a földön, Gregor szintjén, sötét volt.

Seine Beine schoben ihn langsam wieder in Richtung Tür.

A lábai lassan ismét az ajtó felé taszították.

Er war sehr neugierig, zu sehen, was dort geschehen war.

Nagyon kíváncsi volt, hogy mi történt ott.

Seine Kontrolle über seine Fühler war jedoch noch nicht entwickelt.

De az érzései feletti uralma még nem volt kifejlődve.

Obwohl er diese neuen Sensoren allmählich zu schätzen begann.

Bár elkezdte értékelni ezeket az új érzékelőket.

Eine lange, unansehnliche Narbe schien seine linke Seite hinunterzulaufen.

Egy hosszú, kellemetlen sebhely látszott végigfutni a bal oldalán.

Die Narbe fühlte sich an, als würde sie diese Seite seines Körpers einengen.

A sebhely mintha szorosabbra húzta volna a testének azt az oldalát.

Und so musste er buchstäblich auf seinen zwei Beinreihen humpeln.

Így szó szerint sántítania kellett a két sor lábán.

Eines seiner Beine war an diesem Morgen schwer verletzt worden.

Az egyik lába súlyosan megsérült aznap reggel.

Es war wirklich ein Wunder, dass er sich nicht noch mehr Beine gebrochen hatte.

Tényleg csoda volt, hogy nem tört el több lába.

Und so schleppte er sein verletztes Bein leblos hinter sich her.

És így vonszolta maga után élettelenül sérült lábát.

Als er die Tür erreichte, erkannte er etwas Tiefgreifendes.

Amikor az ajtóhoz ért, valami mélyenszántó dologra lett figyelmes.

Es war der Geruch von etwas, der ihn dorthin gelockt hatte.

Valaminek a szaga csábította oda.

In Gregors Zimmer war etwas Essbares für ihn hinterlassen worden.

Valami ehetőt hagytak Gregornak a szobájában.

Stückchen Weißbrot schwimmen in einer Schüssel mit süßer Milch.

Fehér kenyérdarabok úszkálnak egy tál édes tejben.

Er konnte seine innere Freude kaum verbergen.

Alig tudta visszatartani az örömöt, ami benne volt.

Er war jetzt noch hungriger als am Morgen.

Most még éhesebb volt, mint reggel.

Er tauchte sofort seinen Kopf in die Schüssel mit Milch.

Azonnal belemártotta a fejét a tejjel teli tálba.

Die Milch quoll ihm fast über den ganzen Kopf, bis zu den Augen.

A tej szinte az egész fejét kitöltötte, egészen a szeméig.
Doch schon bald riss er den Kopf zurück, bitter enttäuscht.
De hamarosan visszahúzta a fejét, keserűen csalódottan.
Das Essen war aufgrund seiner empfindlichen linken Seite schwierig.
Az evés nehézkes volt a sérülékeny bal oldala miatt.
Und er konnte nur essen, indem er mit dem ganzen Körper keuchte.
És csak lihegve tudott enni, teljes testével.
Das war jedoch nicht der wahre Grund für seine Enttäuschung.
De nem ez volt a csalódásának igazi oka.
Milch war schon immer eines seiner Lieblingsgerichte gewesen.
A tej mindig is az egyik kedvenc étele volt.
Er hatte keinen Zweifel daran, dass seine Schwester sich daran erinnerte.
Biztos volt benne, hogy a nővére emlékezett erre.
Und das war der Grund, warum sie ihm Milch gegeben hatte.
És ezért adott neki tejet.
Er konnte nicht erklären, warum er Milch jetzt nicht mehr mochte.
Nem tudta megmagyarázni, miért nem szereti a tejet.
Und er wandte sich fast widerwillig von der Schüssel ab.
És szinte vonakodva fordult el a táltól.
Enttäuscht kroch er zurück in die Mitte des Raumes.
Csalódottan visszakúszott a szoba közepére.
Hier konnte er durch den Türspalt hindurchsehen.
Itt már be tudott látni az ajtó repedésén.
Er konnte sehen, dass im Wohnzimmer das Feuer brannte.
Látta, hogy a nappaliban ég a tűz.
Gewöhnlich las der Vater um diese Zeit die Zeitung.
Általában ilyenkor az apa újságot olvas.
Er las seiner Mutter immer mit erhobener Stimme vor.
Mindig emelt hangon olvasott fel az anyának.
Manchmal lauschte auch die Schwester dem Vater.

A nővér néha az apa szavait is kihallgatta.

Sie hatte Gregor immer von diesem Vorlesen erzählt.

Mindig mesélt Gregornak erről a felolvasásról.

Doch heute war aus dem Zimmer kein Laut zu hören.

De ma semmi hang nem hallatszott a szobából.

Vielleicht war diese Gewohnheit bereits in Vergessenheit geraten.

Talán ez a szokás már kiment a gyakorlatból.

Eine tiefe Stille hatte sich über die gesamte Wohnung gelegt.

Mély csend telepedett az egész lakásra.

Obwohl er wusste, dass die Wohnung ganz sicher nicht leer war.

Bár tudta, hogy a lakás biztosan nem üres.

„Was für ein ruhiges Leben die Familie doch führte", dachte Gregor.

„Milyen csendes életet él a család!" – gondolta Gregor.

Und er blickte mit großem Stolz in die Dunkelheit.

És nagy büszkeséggel bámult a sötétségbe.

Er war stolz auf das Leben, das er ihnen hatte ermöglichen können.

Büszke volt arra az életre, amit nekik adhatott.

Er war stolz auf die schöne Wohnung, in der sie lebten.

Büszke volt a gyönyörű lakásra, amiben laktak.

Doch sollte dieser Frieden nun ein schreckliches Ende nehmen?

De vajon ennek a békének szörnyű vége lett volna?

Würde man ihnen ihren Wohlstand nehmen?

Vajon el fogják venni tőlük a jólétüket?

War ihre Zufriedenheit nun in Zukunft ungewiss?

Vajon a jövőbeni elégedettségük most már bizonytalan volt?

Doch er wollte sich nicht in solchen Gedanken verlieren.

De nem akart elveszni ilyen gondolatokban.

Um sich die Zeit zu vertreiben, kroch er die Wände rauf und runter.

Hogy lefoglalja magát, fel-alá mászott a falakon.

Im Laufe des langen Abends wurde eine Tür einen Spalt breit geöffnet.

A hosszú este folyamán az egyik ajtót résnyire nyitva hagyták.
**Und zu einem anderen Zeitpunkt öffnete sich die andere
Tür einen Spaltbreit.**
És egy másik pillanatban a másik ajtó is kissé kinyílt.
**Doch beide Male wurden die Türen schnell wieder
geschlossen.**
De mindkétszer gyorsan bezárták az ajtókat.
**Offenbar hatte jemand draußen den Wunsch,
hereinzukommen.**
Nyilvánvalóan valaki kívülről be akart jönni.
Aber sie hatten auch zu viele Bedenken, hereinzukommen.
De túl sok aggodalmuk is volt a bejutással kapcsolatban.
Gregor blieb nun direkt vor der Wohnzimmertür stehen.
Gregor most megállt közvetlenül a nappali ajtajában.
**Er war fest entschlossen, den zögernden Besucher irgendwie
zu verführen.**
Elhatározta, hogy valahogyan megkísérti a tétovázó látogatót.
Und er wollte auch wissen, wer der Besucher gewesen war.
És azt is tudni akarta, hogy ki volt a látogató.
**Doch an diesem Abend wurde die Tür kein drittes Mal
geöffnet.**
De aznap este harmadszorra sem nyitották ki az ajtót.
**Und Gregor verbrachte seine Zeit vergeblich damit, an der
Tür zu warten.**
Gregor pedig hiába várakozott az ajtóban.
Früher am Tag wollten sie alle in den Raum kommen.
Aznap korábban mindannyian be akartak jönni a szobába.
**Jetzt, da die Türen unverschlossen waren, würde es ihnen
leichter fallen.**
Most, hogy az ajtók nyitva voltak, könnyebb dolguk lesz.
**Aber sie entschieden sich dafür, auf der anderen Seite des
Raumes zu bleiben.**
De úgy döntöttek, hogy a szoba másik oldalán maradnak.
**Gregor bemerkte, dass die Schlüssel nicht mehr in ihren
Schlössern steckten.**
Gregor észrevette, hogy a kulcsok már nincsenek a zárakban.

Jemand muss die Schlüssel zum Außenschloss umgesteckt haben.

Valaki biztosan elmozdította a kulcsokat a külső zárhoz.

Erst spät in der Nacht wurde das Licht im Wohnzimmer ausgeschaltet.

Csak késő este kapcsolták le a nappaliban a villanyt.

Die Familie muss die ganze Zeit wach geblieben sein.

A családnak egész idő alatt ébren kellett maradnia.

Und Gregor konnte deutlich hören, wie sie sich auf Zehenspitzen davonschlichen.

Gregor pedig tisztán hallotta, ahogy lábujjhegyen elsuhannak.

Nun würde bis zum Morgen niemand zu Gregor kommen.

Most már senki sem mehetett Gregorhoz reggelig.

So hatte er lange Zeit für sich, um ungestört nachzudenken.

Így hosszú ideje volt magának, zavartalanul gondolkodhatott.

Wie könnte man sein Leben jetzt am besten neu ordnen?

Mi lenne a legjobb módja az életének átszervezésére most?

Doch die hohen Wände des leeren Zimmers ängstigten ihn.

De az üres szoba magas falai megijesztették.

Ihm blieb keine andere Wahl, als sich flach auf den Boden zu legen.

Nem volt más választása, mint lefeküdni a földre.

Und er fand in diesem Raum niemals die Ursache seiner Angst.

És soha nem találta meg félelmének okát ebben a térben.

Es war dasselbe Zimmer, in dem er seit fünf Jahren lebte.

Ugyanaz a szoba volt, amiben öt évig lakott.

Halb bewusst machte er eine Bewegung in Richtung Sofa.

Félig öntudatlanul a kanapé felé mozdult.

Und ohne jede Scham versteckte er sich unter dem Sofa.

És minden szégyenkezés nélkül elbújt a kanapé alá.

Dort unten fühlte er sich sofort wieder sehr wohl.

Odalent azonnal újra nagyon kényelmesen érezte magát.

Obwohl sein Rücken etwas gequetscht war.

Annak ellenére, hogy a háta kicsit be volt nyomva.

Auch unter dem Sofa konnte er seinen Kopf nicht mehr heben.

Már a fejét sem tudta felemelni a kanapé alatt.

Aber selbst das zog er einem Aufenthalt im Freien vor.

De még így is jobban szeretett nyílt terepen tartózkodni.

Er bedauerte jedoch, dass sein Körper so breit war.

Azonban sajnálta, hogy ilyen széles a teste.

Das Sofa konnte seinen ganzen Körper nicht vollständig bedecken.

A kanapé nem tudta teljesen befedni a testét.

Er blieb die ganze Nacht unter dem Sofa.

Az egész éjszakát a kanapé alatt töltötte.

Die Nacht verbrachte er halb schlafend, geplagt von seinem Hunger.

Az éjszakát félálomban töltötte, mivel az éhsége zavarta.

Und die Zeit, die er wach war, verbrachte er entweder in Sorgen oder in Hoffnung.

Az ébren töltött időt pedig vagy aggódással, vagy reménykedéssel töltötte.

Doch all seine vagen Hoffnungen führten zu demselben Schluss.

De minden homályos reménye ugyanarra a következtetésre vezetett.

Ihm blieb nichts anderes übrig, als vorerst zu schweigen.

Nem volt más választása, mint hogy egyelőre csendben maradjon.

Er musste der Familie gegenüber Geduld und Rücksichtnahme zeigen.

Türelmet és figyelmet kellett mutatnia a család iránt.

Es war die einzige Möglichkeit, die Unannehmlichkeiten erträglich zu machen.

Ez volt az egyetlen módja annak, hogy elviselhetővé tegye a kellemetlenséget.

Die Unannehmlichkeiten, die er nun der Familie auferlegte.

A kellemetlenséget, amit most a családra kényszerített.

Er musste nicht lange warten, um sein Mitgefühl unter Beweis zu stellen.

Nem kellett sokáig várnia, hogy bebizonyítsa együttérzését.

Früh am Morgen schaute die Schwester in sein Zimmer.

Kora reggel a nővér benézett a szobájába.

Obwohl es eigentlich genauso viel Nacht wie Morgen war.

Bár valójában ugyanúgy éjszaka volt, mint reggel.

Sie war vollständig angezogen und schien aufgeregt zu sein.

Teljesen fel volt öltözve, és izgatottnak tűnt.

Die Tragfähigkeit seiner neu getroffenen Entscheidung könnte sich bewähren.

Újonnan hozott döntésének ereje próbára válhat.

Sie entdeckte ihn nicht sofort auf Anhieb.

Nem azonnal találta meg első pillantásra.

Er musste irgendwo sein; weggeflogen konnte er nicht sein.

Valahol lennie kellett; nem repülhetett el.

Doch dann schweifte ihr Blick ein zweites Mal durch den Raum.

De aztán tekintete még egyszer végigpásztázta a szobát.

Und dieses Mal entdeckte sie seinen Oberkörper unter dem Sofa.

És ezúttal megpillantotta a felsőtestét a kanapé alatt.

Sie war so verängstigt, dass sie jegliche Selbstbeherrschung verlor.

Annyira megijedt, hogy elvesztette minden önuralmát.

Und ihre erste Reaktion war, die Tür wieder zuzuschlagen.

És az első reakciója az volt, hogy újra becsapta az ajtót.

Doch sie schien ihr Verhalten auch sofort zu bereuen.

De úgy tűnt, azonnal megbánta a viselkedését.

Kaum hatte sie die Tür zugeschlagen, öffnete sie sie auch schon wieder.

Amint becsapta az ajtót, újra kinyitotta.

Und diesmal schlich sie sich leise auf Zehenspitzen in den Raum.

És ezúttal óvatosan lábujjhegyen osont be a szobába.

Sie bewegte sich, als ob sie eine schwerkranke Person besuchen würde.

Úgy mozgott, mintha egy súlyos beteget látogatna meg.

Oder sie könnte einen völlig Fremden besucht haben.

Vagy egy vadidegenhez látogatott.

Gregor drückte seinen Kopf fast bis an den Rand des Sofas.

Gregor majdnem a kanapé széléig tolta a fejét.
Und von unterhalb des Tresors beobachtete er sie im Zimmer.
És a széf alól figyelte a szobában lévő nőt.
Würde sie bemerken, dass er die Milch stehen gelassen hatte?
Vajon észre fogja venni, hogy otthagyta a tejet?
Er hatte die Milch nicht etwa aus Mangel an Hunger stehen gelassen.
Nem azért hagyta ott a tejet, mert nem lett volna éhes.
Wollte sie ihm stattdessen anderes Essen bringen?
Vajon más ételt fog neki hozni helyette?
Vielleicht ein Gericht, das seinen Vorlieben besser entsprach.
Talán egy olyan étel, ami jobban megfelelt az ízlésének.
Aber sie hätte seinen Appetit selbst bemerken müssen.
De neki magának kellett volna észrevennie az étvágyát.
Er wäre lieber verhungert, als sie davon erfahren zu lassen.
Inkább éhen halt volna, mintsem hogy ezt a nő tudtára adja.
Eigentlich hätte er es ihr sehr gerne gesagt.
Tulajdonképpen nagyon szerette volna elmondani neki.
Er war wirklich versucht, unter dem Sofa hervorzuschießen.
Komolyan elfogta a kísértés, hogy kiugorjon a kanapé alól.
Er wollte sich seiner Schwester zu Füßen werfen.
Legszívesebben a nővére lábai elé vetette volna magát.
Und er wollte sie um etwas Leckeres zu essen bitten.
És kérni akart tőle valami finomat enni.
Doch dann blickte die Schwester zu der Schüssel mit Milch.
De aztán a nővér a tejestál felé nézett.
Sie bemerkte sofort, dass die Schüssel noch voll war.
Azonnal észrevette, hogy a tál még mindig tele van.
Sie war ziemlich überrascht, dass Gregor nichts gegessen hatte.
Meglehetősen meglepődött, hogy Gregor semmit sem evett.
Nur ein wenig Milch war auf den Boden verschüttet worden.
Csak egy kevés tej folyt ki a padlóra.
Sie nahm sofort die Schüssel und trug sie hinaus.

Azonnal felkapta a tálat, és kivitte.

Er sah, dass sie die Schüssel nicht mit bloßen Händen aufgehoben hatte.

Látta, hogy a nő nem puszta kézzel emelte fel a tálat.

Stattdessen hob sie die Schüssel mit einem der Lappen hoch.

Ehelyett az egyik rongygal felemelte a tálat.

Gregor vergaß dieses kleine Detail jedoch sehr schnell.

De Gregor nagyon gyorsan elfeledkezett erről az apró részletről.

Er war nun von etwas ganz anderem viel begeisterter.

Most már sokkal jobban izgatott volt valami más miatt.

Was könnte sie als Ersatz für die Milch mitbringen?

Mit hozhatna tej helyett?

Er hatte verschiedene Vermutungen darüber, was sie wohl mitbringen könnte.

Különböző gondolatai voltak arról, hogy mit hozhat magával.

Doch die Güte seiner Schwester übertraf seine Erwartungen.

De a nővére kedvessége felülmúlta a várakozásait.

Ihr wurde klar, dass sie herausfinden musste, was seine neuen Vorlieben waren.

Rájött, hogy ki kell próbálnia, milyen új ízlése van.

Deshalb brachte sie eine ganze Auswahl an verschiedenen Speisen mit.

Így hát egy egész választékot hozott a különféle ételekből.

Halbverfaultes Gemüse, Knochen vom Abendessen.

Félig rothadó zöldségek, csontok a vacsoráról.

Die eingedickte Soße von der anderen Mahlzeit, die sie gegessen hatten.

Megszilárdult szósz a másik étkezésből, amit elfogyasztottak.

Ein paar Rosinen, einige Mandeln, trockenes Brot, Butterbrot.

Néhány mazsola, némi mandula, száraz kenyér, vajas kenyér.

Etwas Brot, das mit Butter bestrichen und gesalzen war.

Egy kis vajazott és sózott kenyér.

Käse, den Gregor vor zwei Tagen noch für ungenießbar erklärt hatte.

Sajt, amit Gregor két nappal ezelőtt ehetetlennek nyilvánított.

Die gesamte Auswahl an Speisen wurde auf einer Zeitung ausgelegt.

Az összes ételt egy újságra tették.

Und sie stellte auch eine Schüssel mit Wasser neben seine Mahlzeiten.

És egy tál vizet is tett az ételei mellé.

Sie wusste, dass Gregor nicht vor ihr gegessen hätte.

Tudta, hogy Gregor nem evett volna előtte.

Aus Respekt vor ihm verließ sie deshalb wieder den Raum.

Így hát tiszteletből ismét elhagyta a szobát.

Und sie hat beim Weggehen sogar den Schlüssel im Schloss umgedreht.

És még a kulcsot is elfordította a zárban, amikor elment.

Aber sie drehte den Schlüssel ganz leise und vorsichtig um.

De nagyon halkan és óvatosan fordította el a kulcsot.

Auf diese Weise würde nur Gregor wissen, dass die Tür verschlossen war.

Így csak Gregor tudná, hogy az ajtó zárva van.

Nun konnte er es sich so bequem machen, wie er wollte.

Most már olyan kényelembe helyezhette magát, amilyennek csak akarta.

Gregors Beine surrten, als es Zeit zum Essen war.

Gregor lábai zakatoltak, amikor evésre volt szükség.

Bemerkenswert ist, dass er keinerlei Beschwerden mehr verspürte.

Érdemes megjegyezni, hogy már nem érzett semmilyen kellemetlenséget.

Seine Wunden müssen bereits vollständig verheilt sein.

A sebei már biztosan teljesen begyógyultak.

Weil er seine früheren Behinderungen nicht mehr spürte.

Mert már nem érezte a korábbi fogyatékosságait.

Seine neue Fähigkeit zu heilen überraschte und verblüffte ihn.

Új gyógyító képessége meglepte és lenyűgözte.

Vor mehr als einem Monat schnitt er sich mit einem Messer in den Finger.

Több mint egy hónapja megvágta az ujját egy késsel.

Bis vor zwei Tagen schmerzte ihn diese Wunde noch.

Két nappal ezelőttig még mindig fájt neki az a seb.

„Bin ich jetzt viel weniger empfindlich?", dachte er bei sich.

„Sokkal kevésbé vagyok érzékeny most?" – gondolta
magában.

Inzwischen lutschte er gierig an dem Käse.

Ekkorra már mohón szopogatta a sajtot.

**Er fühlte sich vom Käse mehr angezogen als von den
anderen Speisen.**

Jobban vonzotta a sajt, mint a többi étel.

Er aß schnell ein Stück Käse nach dem anderen.

Gyorsan megette egyik szelet sajtot a másik után.

**Beim Genuss des Geschmacks traten ihm vor Zufriedenheit
die Tränen in die Augen.**

Könnyek szöktek a szemébe az elégedettségtől az íze hallatán.

Nach dem Käse aß er das Gemüse und die Soße.

A sajt után megette a zöldségeket és a szószt.

Das frische Essen schmeckte ihm jedoch nicht.

A friss étel azonban nem ízlett neki.

**Tatsächlich konnte er nicht einmal den Geruch von frischen
Lebensmitteln ertragen.**

Sőt, még a friss étel illatát sem bírta elviselni.

**Er hat sogar die anderen Lebensmittel von den frischen
Lebensmitteln weggezerrt.**

Még a többi ételt is elhúzta a friss ételtől.

Und im Nu hatte er auch noch das Essbare aufgegessen.

És nagyon gyorsan befejezte a legehetőbb ételt.

**Das ganze leckere Essen hatte eine schläfrig machende
Wirkung auf ihn.**

Minden finom étel altató hatással volt rá.

Und er lag träge an der Stelle, wo er gegessen hatte.

És lustán feküdt azon a helyen, ahol evett.

**Schließlich kam seine Schwester zurück, um noch einmal
nach ihm zu sehen.**

Végül a nővére visszajött, hogy újra megnézze, hogy van-e.

**Sie hatte die Weitsicht, den Schlüssel ganz langsam
umzudrehen.**

Volt annyi előrelátása, hogy nagyon lassan fordította el a kulcsot.

Dies war für Gregor ein Warnsignal, sich zurückzuziehen.

Ez figyelmeztetésül szolgált Gregornak, hogy vonuljon vissza.

Benommen und erschrocken huschte er zurück unter das Sofa.

Kábultan és megdöbbenve sietett vissza a kanapé alá.

Doch diesmal war es nicht so einfach, unter dem Sofa zu bleiben.

De ezúttal nem volt olyan könnyű a kanapé alatt maradni.

Sein Körper war durch das viele Essen etwas runder geworden.

A teste kissé kerekded lett a sok ételtől.

Und er musste sich beherrschen, nicht wieder auszulaufen.

És uralkodnia kellett magán, hogy ne szaladjon ki újra.

Auch wenn die Schwester nicht lange im Zimmer blieb.

Annak ellenére, hogy a nővér nem sokáig maradt a szobában.

In dem engen Raum rang er nach Luft.

Alig kapott levegőt abban a szűk helyen.

Doch er überwand die kurzen Anfälle von Atemnot.

De átküzdötte magát a kisebb fulladásrohamokon.

Mit aufgerissenen Augen beobachtete er die Aktivitäten der Schwester.

Kidülledt szemekkel figyelte a nővér tevékenységét.

Die ahnungslose Schwester schüttete alles in einen Eimer.

A gyanútlan nővér mindent egy vödörbe öntött.

Sie entsorgte nicht nur das Essen, das Gregor nicht gegessen hatte.

Nemcsak hogy megszabadult az ételtől, amit Gregor nem evett meg.

Aber sie entsorgte auch das Essen, das er nicht angerührt hatte.

De azt az ételt is eldobta, amihez a férfi hozzá sem ért.

Offenbar war dieses Essen nun für niemanden mehr genießbar.

Úgy tűnt, hogy az az étel már senki számára sem volt ehető.

Anschließend verschloss sie den Futtereimer mit einem Holzdeckel.

Ezután egy fa tedéllel lezárta az ételes vödröt.

Und mit dem Essen, dem Eimer und dem Wischmopp ging sie.

Az étellel, a vödörrel és a felmosóval elment.

Gregor hätte nicht mehr lange warten können.

Gregor nem sokáig várhatott volna tovább.

Sobald sie weg war, entkam er unter dem Sofa hervor.

Amint a nő elment, a férfi kiszökött a kanapé alól.

Und er streckte sich aus und atmete erleichtert auf.

És kinyújtózott, és megkönnyebbülten felfújt.

So erhielt Gregor von nun an regelmäßig seine Nahrung.

Így kapott Gregor azóta időnként ételt.

Seine Schwester gab ihm einmal früh am Morgen etwas zu essen.

A nővére egyszer adott neki enni kora reggel.

Zu dieser Stunde schliefen die Eltern und das Dienstmädchen noch.

Ebben az órában a szülők és a szobalány még aludtak.

Und er erhielt eine zweite Mahlzeit, nachdem alle anderen bereits zu Mittag gegessen hatten.

És miután mindenki ebédelt, kapott egy második étkezést is.

Denn zu dieser Zeit schliefen die Eltern auch eine Weile.

Mert akkoriban a szülők is aludtak egy kicsit.

Und das Dienstmädchen wurde von der Schwester mit einer Besorgung weggeschickt.

A szobalányt pedig a nővér elküldte valami ügyben.

Sie hatten ganz sicher nicht die Absicht, Gregor verhungern zu lassen.

Biztosan nem állt szándékukban éheztetni Gregort.

Aber sie hätten ihm auch nicht beim Essen zusehen wollen.

De ők sem akarták volna nézni, ahogy eszik.

Die Angaben der Schwester reichten als Information aus.

Amit a nővér említett, az elég információ volt.

Vielleicht war es ihre Art, den Eltern den Kummer zu ersparen.

Talán így akarta megkímélni a szülőket a bánattól.
Sie hatten unter seinen Taten schon genug gelitten.
Már eleget szenvedtek a tettei miatt.

Der erste Tag verblasste langsam zu einer fernen Erinnerung.
Az első nap lassan már csak távoli emlékké vált.
Gregor hatte keine Möglichkeit zu erfahren, was an diesem Tag geschah.
Gregornak fogalma sem volt, mi történt aznap.
Wie wurde der Schlüsseldienstmitarbeiter aus der Wohnung geleitet?
Hogyan vezették ki a lakatost a lakásból?
Mit welchen Ausreden war der Arzt schließlich zufrieden?
Milyen kifogásokkal elégedett meg végül az orvos?
Er hatte keinen Weg gefunden, sich verständlich zu machen.
Sehogy sem tudta megértetni magát.
Es gelang ihm nicht einmal, mit seiner Schwester zu kommunizieren.
Még a nővérével sem sikerült kommunikálnia.
Und so dachten sie, er könne sie nicht verstehen.
És ezért azt gondolták, hogy nem érti őket.
Und deshalb wurde auch kein Versuch unternommen, mit ihm zu sprechen.
És ezért nem tettek kísérletet arra, hogy beszéljenek vele.
Seine Schwester kam jeden Morgen und jeden Mittag in sein Zimmer.
A húga minden reggel és ebédnél bejött a szobájába.
Doch er musste sich damit begnügen, ihre Seufzer zu hören.
De meg kellett elégednie a sóhajtásaival.
Später gewöhnte sie sich dann doch etwas mehr an Gregors Gestalt.
Később azért jobban megszokta Gregor alakját.
Und sie fühlte sich etwas freier, weitere Bemerkungen zu machen.
És egy kicsit több szabadságot érzett arra, hogy több megjegyzést tegyen.

(Obwohl sie sich nie ganz an ihn gewöhnen würde.)

(Bár sosem szokott volna hozzá teljesen.)

Und dann fühlte sich Gregor wieder etwas mehr angesprochen.

És akkor Gregor úgy érezte, hogy újra egy kicsit többet beszélnek hozzá.

Und er nahm wahr, was er als freundliche Kommentare empfand.

És elkapta azokat, amiket barátságos megjegyzéseknek vélt.

„Ihm hat das Essen heute geschmeckt" oder „Er hat alles aufgegessen".

„Élvezte a mai ételt", vagy „mindent megevett".

Das war aber erst der Fall, nachdem er sein gesamtes Essen aufgegessen hatte.

De ez csak akkor volt, amikor már minden ételét megette.

Doch in letzter Zeit kam dies immer seltener vor.

De mostanában ez egyre ritkábban fordult elő.

„Er hat sein Essen kaum angerührt", sagte sie jetzt immer öfter.

„Alig nyúlt az ételhez" – mondta most már gyakrabban.

Und jedes Mal schwang ein Hauch von Traurigkeit in ihrer Stimme mit.

És minden alkalommal volt egy csipetnyi szomorúság a hangjában.

Gregor konnte keine anderen Nachrichten direkter empfangen.

Gregor nem tudott más híreket közvetlenebbül hallani.

Aber er hörte viele Neuigkeiten aus den angrenzenden Zimmern mit.

De sok hírt hallott a szomszédos szobákból.

Als er Stimmen hörte, rannte er zur entsprechenden Tür.

Amikor hangokat hallott, a megfelelő ajtóhoz rohant.

Und er presste seinen ganzen Körper gegen die Tür, um zu hören.

És egész testével az ajtóhoz nyomódott, hogy hallja.

Alle Gespräche drehten sich in irgendeiner Weise um ihn.

Minden beszélgetés valamilyen módon aggasztotta őt.

Selbst wenn es scheinbar um etwas ganz anderes ging.
Még akkor is, ha a téma látszólag másról szólt.
Diese Beobachtung traf insbesondere in der Anfangszeit zu.
Ez a megfigyelés különösen igaz volt a kezdeti időkben.
Bei jeder Mahlzeit wiederholten sie die gleiche Diskussion.
Minden étkezés alatt megismételték ugyanazt a beszélgetést.
Sie waren sich noch immer unsicher, wie sie sich ihm gegenüber verhalten sollten.
Még mindig bizonytalanok voltak abban, hogyan viselkedjenek a közelében.
Das gleiche Thema wurde aber auch zwischen den Mahlzeiten besprochen.
De ugyanez a téma az étkezések között is szóba került.
Weil immer zwei Familienmitglieder zu Hause waren.
Mert mindig két családtag volt otthon.
Niemand wollte allein im Haus bleiben.
Senki sem akart egyedül maradni a házban.
Aber die Wohnung leer stehen zu lassen, kam auch nicht in Frage.
De a lakás üresen hagyása szóba sem jöhetett.
Das Dienstmädchen war die Einzige, die nicht an die Wohnung gebunden war.
A szobalány volt az egyetlen, aki nem volt a lakáshoz kötve.
Sie hatte bereits am ersten Tag darum gebeten, gehen zu dürfen.
Már az első napon kérte, hogy elmehessen.
Sie kniete nieder und flehte darum, entlassen zu werden.
Térdre ereszkedett és könyörgött, hogy bocsáthassák el.
Die Familie wusste nicht, wie viel das Dienstmädchen tatsächlich wusste.
A család nem tudta, mennyit tud valójában a szobalány.
Zu diesem Zeitpunkt hatte sie nicht mehr gesehen als alle anderen.
Abban a pillanatban nem látott többet, mint bárki más.
Was geschehen war, blieb der Familie weiterhin ein Rätsel.
A család számára továbbra is rejtély volt, hogy mi történt.
Doch eine Viertelstunde später verabschiedete sie sich.

De negyed óra múlva elbúcsúzott.

Und sie dankte der Familie mit Tränen in den Augen.

És könnyes szemmel köszönte meg a családnak.

Aber eigentlich dankte sie ihnen dafür, dass sie sic freigelassen hatten.

De valójában megköszönte nekik, hogy elengedték.

Sie schienen ihr größte Freundlichkeit entgegengebracht zu haben.

Úgy tűnt, a legnagyobb kedvességet tanúsították iránta.

Sie leistete sogar einen Eid, ohne dazu aufgefordert worden zu sein.

Még esküt is tett, anélkül, hogy kérték volna rá.

Sie sagte, sie würde niemandem erzählen, was passiert war.

Azt mondta, senkinek sem fogja elmondani, mi történt.

Nun musste die Schwester zusammen mit ihrer Mutter kochen.

Most a nővérnek együtt kellett főznie az anyjával.

Das war aber keine allzu große Unannehmlichkeit.

De ez igazából nem okozott túl nagy kellemetlenséget.

Weil die beiden sowieso fast nichts aßen.

Mert ők ketten úgyis szinte semmit sem ettek.

Immer und immer wieder hörte Gregor dasselbe Gespräch mit.

Gregor újra meg újra meghallotta ugyanazt a beszélgetést.

Einer der beiden sagte dem anderen, er müsse mehr essen.

Az egyik azt mondta a másiknak, hogy többet kellene ennie.

Diese Person erhielt jedoch keine Antwort von der betreffenden Person.

De az illető nem kapott választ az illetőtől.

„Danke, ich habe genug", oder etwas Ähnliches.

„Köszönöm, elég van", vagy valami hasonló.

Vielleicht tranken sie auch gar nichts mehr.

Talán ők sem ittak már semmit.

Die Schwester fragte ihren Vater oft, ob er Bier wolle.

A nővér gyakran megkérdezte az apjától, hogy kér-e sört.

Und sie bot freundlicherweise an, das Bier selbst zu holen.

És melegen felajánlotta, hogy ő maga hozza a sört.

Der Vater schwieg auf ihre Bitte hin stets.
Az apa mindig hallgatott a kérésére.
Die Schwester musste also einen Weg finden, jeden Zweifel auszuräumen.
Így a nővérnek meg kellett találnia a módját, hogy minden kétséget eloszlasson.
Und sie sagte, sie würde das Dienstmädchen losschicken, um Bier zu holen.
És azt mondta, elküldi a szobalányt sörért.
Doch dann sagte der Vater schließlich ein lautes, deutliches „Nein".
De aztán az apa végül egy nagy, hangos „nemet" mondott.
Das Thema, dass er ein Bier trank, wurde danach nicht mehr erwähnt.
Aztán a sörözés témája már nem került szóba.
Er hatte die finanzielle Situation bereits zuvor erläutert.
Korábban már ismertette a pénzügyi helyzetet.
Tatsächlich sprach er schon am ersten Tag über Finanzen.
Sőt, már az első napon a pénzügyeket említette.
Er machte ihnen die Aussichten deutlich.
Jól tudatta velük, hogy milyen kilátások várnak rájuk.
Sein eigenes Unternehmen war vor etwa fünf Jahren zusammengebrochen.
A saját vállalkozása körülbelül öt évvel ezelőtt omlott össze.
Hin und wieder stand er auf, um den Tisch zu verlassen.
Időről időre felállt, hogy elhagyja az asztalt.
Und er ging zur Kasse seines alten Geschäfts.
És odament régi vállalkozása pénztárgépéhez.
Aus Sentimentalität hatte er die Kasse aufgehoben.
Szentimentalitásból mentette meg a pénztárgépet.
Gregor hörte, wie er ein schweres und kompliziertes Schloss öffnete.
Gregor hallotta, ahogy egy nehéz és bonyolult zárat nyit.
Und er holte Quittungen und Bücher aus der Kasse.
És nyugtákat és könyveket vett elő a pénztárból.
Nachdem er die Gegenstände an sich genommen hatte, schloss er die Geldkassette wieder ab.

Miután elvette a tárgyakat, ismét bezárta a kasszát.

Gregor hatte seit seiner Gefangennahme keine guten Nachrichten mehr erhalten.

Gregor bebörtönzése óta nem hallott jó híreket.

Er glaubte, das Geschäft habe seinen Vater in den Ruin getrieben.

Azt hitte, hogy az üzlet csődbe vitte az apját.

Dieser Eindruck war Gregor vom Vater sicherlich vermittelt worden.

Az apa minden bizonnyal ezt a benyomást keltette Gregorban.

Und Gregor fragte ihn nie wieder nach den Finanzen.

És Gregor soha többé nem kérdezett tőle a pénzügyekről.

Gregor wollte alles tun, was er konnte, um der Familie zu helfen.

Gregor mindent meg akart tenni, hogy segítsen a családon.

Er wollte ihnen helfen, das geschäftliche Unglück zu vergessen.

Segíteni akart nekik elfelejteni az üzleti balszerencsét.

Der Bankrott, der zur völligen Hoffnungslosigkeit führte.

A csőd, ami teljes reménytelenséget hozott.

So begann er mit einer ganz besonderen Leidenschaft zu arbeiten.

Így aztán egészen különleges szenvedéllyel kezdett dolgozni.

Er war quasi über Nacht zum Handelsreisenden geworden.

Szinte egyik napról a másikra utazó ügynök lett belőle.

Davor hatte er lediglich als schlecht bezahlter Angestellter gearbeitet.

Ezt megelőzően csak alacsony fizetésű hivatalnokként dolgozott.

Nun boten sich ihm völlig andere Verdienstmöglichkeiten.

Most teljesen más kereseti lehetőségei voltak.

Erfolgreiche Verkäufe konnten sofort in Bargeld umgewandelt werden.

A sikeres eladások azonnal készpénzre válthatók.

Das Geld wird natürlich aus seinen Provisionen ausgezahlt.

A pénzt természetesen a jutalékaiból fizetik ki.

Nun konnte Gregor Geld auf den Familientisch bringen.

Gregor most már pénzt tudott tenni a család asztalára.
Und sie waren erstaunt und erfreut über seinen Verdienst.
És ámultak és örültek a keresetének.
Aber diese schönen Zeiten werden sich nicht wiederholen.
De ezek a szép idők nem fognak megismétlődni.
Sie hatten sich gerade erst an diese schönen Zeiten gewöhnt.
Csak mostanra szokták meg ezeket a jó időket.
Jeden Zahltag nahm die Familie das Geld dankbar entgegen.
A család minden fizetésnapon hálásan elfogadta a pénzt.
Und Gregor war ebenso gern bereit, das Geld herauszugeben.
És Gregor ugyanilyen boldogan adta át a pénzt.
Doch die im Gegenzug entgegengebrachte herzliche Zuneigung erlosch allmählich.
De a viszontérzet meleg szeretete lassan elhalványult.
Nur seine Schwester stand Gregor noch so nahe wie zuvor.
Csak a húga maradt olyan közel Gregorhoz, mint korábban.
Im Gegensatz zu Gregor hatte sie eine tiefe Wertschätzung für Musik.
Gregorral ellentétben ő mélyen szerette a zenét.
Und sie konnte sehr berührend Geige spielen.
És nagyon meghatóan tudta, hogyan kell hegedülni.
Gregor plante insgeheim, sie auf eine Musikschule zu schicken.
Gregor titokban azt tervezte, hogy zeneiskolába küldi.
Er hatte noch nicht entschieden, wie er die Kosten decken würde.
Még nem döntötte el, hogyan fogja fedezni a költségeket.
Aber irgendwie würde er die Kosten decken.
De valamilyen módon majd fedezi a költségeket.
Gelegentlich unternahmen Gregor und seine Familie Kurztrips.
Gregor és a családja időnként rövid kirándulásokra ment.
Gregor und seine Schwester sprachen oft über dieses Thema.
Gregor és a húga gyakran előhozakodtak a témával.
Es wurde aber immer nur als eine wunderbare Idee erwähnt.

De csak mint csodálatos ötletet említették.
Sie glaubten nicht wirklich, dass der Traum in Erfüllung gehen könnte.
Nem igazán hitték, hogy az álom valóra válhat.
Und den Eltern gefielen solche fantasievollen Ambitionen nicht.
És a szülőknek nem tetszettek az ilyen fantáziadús ambíciók.
Selbst wenn das Thema ganz harmlos angesprochen wurde.
Még akkor is, ha a téma nagyon ártatlanul került szóba.
Gregor dachte aber weiterhin an die Musikschule.
De Gregor továbbra is a zeneiskolára gondolt.
Und er hatte vor, das Geschenk am Heiligabend anzukündigen.
És azt tervezte, hogy szenteste bejelenti az ajándékot.
In seinem jetzigen Zustand wäre das natürlich unmöglich.
Persze jelenlegi állapotában ez lehetetlen lett volna.
Doch solche Gedanken gingen ihm durch den Kopf.
De efféle gondolatok cikáztak a fejében.
Und solche Gedanken kamen ihm, während er der Familie zuhörte.
És ilyen gondolatai voltak, miközben a családot hallgatta.
Manchmal war er zu müde, um ihnen weiter zuzuhören.
Időnként túl fáradt lett ahhoz, hogy tovább hallgassa őket.
Vor Erschöpfung sank sein Kopf gegen die Tür.
A fáradtságtól a feje az ajtónak esett.
Doch er legte sofort wieder seinen Kopf gegen die Tür.
De azonnal újra az ajtónak csapta a fejét.
Denn selbst das leiseste Geräusch war draußen zu hören.
Mert még a legkisebb zajt is hallani lehetett kintről.
Und jedes Geräusch, das er machte, brachte die Familie zum Schweigen.
És minden zaj, amit kiadott, elhallgattatta a családot.
„Was macht er denn jetzt?", fragte der Vater die Familie.
„Mit csinál most?" – kérdezte az apa a családtól.
Und er ging zur Tür, um nachzusehen, was das Geräusch verursachte.
És az ajtóhoz ment, hogy megnézze, mi a zaj.

Und dann wurde das unterbrochene Gespräch allmählich wieder aufgenommen.

Aztán a félbeszakadt beszélgetés fokozatosan folytatódott.

Was der Vater aber sagte, überraschte alle auf positive Weise.

De amit az apa mondott, mindenkit meglepett.

Gregor erfuhr nun den wahren Stand der Finanzen.

Gregor most már tudta meg a pénzügyek valódi állását.

Trotz all des Unglücks gab es auch etwas Glück.

Minden szerencsétlenség ellenére akadt némi szerencse is.

Ein kleines Vermögen aus alten Zeiten war noch vorhanden.

Egy egészen kis vagyon a régi időkből még mindig ott volt.

Der Vater erklärte die Dinge, musste sich aber wiederholen.

Az apa elmagyarázta a dolgokat, de ismételnie kellett magát.

Weil er sich eine Weile nicht mehr mit diesen Dingen befasst hatte.

Mert egy ideje nem foglalkozott ezekkel a dolgokkal.

Und weil die Mutter solche Dinge nicht verstand.

És mivel az anya nem értett az ilyesmihez.

Die Zinssätze der Bank waren etwas gestiegen.

A banki kamatok kissé emelkedtek.

Das unberührte Geld hatte sich stärker erhöht als erwartet.

Az érintetlen pénz a vártnál jobban megnőtt.

Darüber hinaus hatte Gregor ihnen immer seine Ersparnisse gegeben.

Ráadásul Gregor mindig odaadta nekik a megtakarításait.

Er hatte nur wenige Gulden für sich behalten.

Mindig is csak néhány guldent tartott meg magának.

Und sein Geld war auch noch nicht vollständig aufgebraucht.

És a pénzét sem költötte el teljesen.

Zusammen hatte sich dieses Geld zu einem kleinen Kapital angesammelt.

Ez a pénz együttesen egy kis tőkévé gyűlt össze.

Gregor nickte hinter seiner Tür eifrig zu der Nachricht.

Gregor az ajtaja mögött lelkesen bólogatott a hír hallatán.

Er war erfreut über diese unerwartete Vorsicht und Sparsamkeit.
Örömmel fogadta ezt a váratlan óvatosságot és takarékosságot.
Die überschüssigen Mittel hätten zur Tilgung der Schulden verwendet werden können.
A fennmaradó összeget fel lehetett volna használni az adósság törlesztésére.
Dann hätten sie dem Chef nichts mehr geschuldet.
Akkor már semmivel sem tartoztak volna a főnöknek.
Und Gregor hätte schon viel früher eine neue Stelle annehmen können.
És Gregor sokkal hamarabb is válthatott volna új munkahelyet.
Aber so, wie der Vater es arrangiert hatte, war es jetzt viel besser.
De ahogy az apa elrendezte, most már sokkal jobban ment.
Das Geld reichte nicht ganz zum Leben von den Zinsen.
A pénz nem volt egészen elég ahhoz, hogy a kamatokból megéljen.
Und ein Teil des Geldes musste für Notfälle zurückgelegt werden.
És félre kellett tenni némi pénzt vészhelyzetekre.
Das Geld hätte nur für ein oder zwei Jahre gereicht.
Csak egy-két évre lett volna elég a pénz.
Das bedeutete, dass jemand Geld verdienen musste, damit sie leben konnten.
Ez azt jelentette, hogy valakinek pénzt kellett keresnie a megélhetéséhez.
Der Vater war nicht krank und er war stark genug.
Az apa nem volt beteg, és elég erős is volt hozzá.
Doch er war seit mehr als fünf Jahren arbeitslos.
De több mint öt éve munka nélkül volt.
Und aufgrund seines Alters hatte er kaum noch Selbstvertrauen.
És kora miatt alig maradt önbizalma.

Er hatte in letzter Zeit auch deutlich an Gewicht zugenommen.

Az utóbbi időben ráadásul sokat hízott is.

Sein Leben war stets mühsam und erfolglos gewesen.

Élete mindig is küzdelmes és sikertelen volt.

Und dies war der erste Urlaub, den er je verbracht hatte.

És ez volt az első ünnep, amit valaha is átélt.

Und da er nicht beschäftigt war, war er ziemlich ungeschickt geworden.

És anélkül, hogy lefoglalták volna, egészen ügyetlenné vált.

Wäre es besser, wenn die alte Mutter das Geld verdienen würde?

Jobb lenne, ha az idős anya keresné meg a pénzt?

Die alte Mutter, die an Asthma litt.

Az idős anya, aki asztmában szenvedett.

Die alte Mutter, die Mühe hatte, die Treppe hinaufzugehen.

Az idős anya, aki küszködött a lépcsőn való feljutással.

Die alte Mutter, die ihre Zeit damit verbrachte, auf dem Sofa zu liegen.

Az idős anya, aki az idejét a kanapén fekve töltötte.

Die alte Mutter, die es vorzog, am Fenster zu sitzen.

Az idős anya, aki legszívesebben az ablaknál maradt.

Damit sie bei Bedarf durchatmen konnte.

Hogy tudjon levegőt venni, amikor szüksége van rá.

Wäre es besser, wenn die jüngere Schwester das Geld verdienen würde?

Jobb lenne, ha a fiatal nővér keresné meg a pénzt?

Die Schwester, die mit siebzehn Jahren noch ein Kind war.

A húg, aki tizenhét évesen még csak gyerek volt.

Die Schwester, die nur wenige, bescheidene Freuden hatte.

A nővér, akinek csak néhány szerény öröme akadt.

Die Schwester, die am liebsten Geige spielte.

A nővér, aki főleg hegedülni szeretett.

Sie wusste, dass ihr bisheriger Lebensstil sehr beneidenswert war;

Tudta, hogy korábbi életmódja irigylésre méltó;

Sich schick anziehen, ausschlafen, im Haushalt helfen.

Csinosan öltözködni, későn kelni, segíteni a házimunkában.
Das Gespräch drehte sich oft um die Notwendigkeit, Geld zu verdienen.
A beszélgetés gyakran a pénzkeresés szükségességére terelődött.
Gregor war immer der Erste, der die Tür losließ.
Gregor mindig elsőként engedte el az ajtót.
Das Gespräch erfüllte ihn mit Scham und Trauer.
A beszélgetés szégyennel és bánattal telítette el.
Also warf er sich auf das kühle Ledersofa.
Így hát a hűlő bőrkanapéra vetette magát.
Und den Rest der Nacht verbrachte er oft auf dem Sofa.
És gyakran az éjszaka hátralévő részét a kanapén töltötte.
Er hat nie wirklich auf dem Sofa geschlafen, auch nicht nachts.
Soha nem aludt igazán a kanapén, sőt éjszaka sem.
Oft kratzte er stundenlang an dem Leder.
Gyakran csak órákon át vakargatta a bőrt.
Manchmal schob er den Sessel ans Fenster.
Máskor az ablakhoz tolta a karosszéket.
Allein dies erforderte von seiner Seite einen erheblichen Aufwand.
Már önmagában ez is rengeteg erőfeszítést igényelt a részéről.
Der Sessel half ihm, auf die Fensterbank zu klettern.
A karosszék segített neki felmászni az ablakpárkányra.
Und von dort aus konnte er sich ans Fenster lehnen.
És onnan már nekidőlhetett az ablaknak.
Er empfand dabei stets ein großes Gefühl der Freiheit.
Régen nagy szabadságérzetet érzett ezzel.
Vielleicht suchte er nach einem alten, befreienden Gefühl.
Talán valami régi felszabadító érzésre vágyott.
Doch seine Sehkraft war nicht mehr so scharf wie früher.
De a látása már nem volt olyan éles, mint régen.
Dinge in geringer Entfernung waren verschwommen und undeutlich.
A kis távolságban lévő dolgok homályosak és kivehetetlenek voltak.

Er konnte das Krankenhaus auf der anderen Straßenseite nicht mehr sehen.

Már nem látta a kórházat az út túloldalán.

Vorher hatte er den Anblick verflucht, jetzt wollte er ihn sehen.

Azelőtt átkozta a kilátást, most látni akarta.

Er wusste, dass er in der ruhigen, städtischen Charlottenstraße wohnte.

Tudta, hogy a csendes, városi Charlottenstrassén lakik.

Aber vielleicht dachte er, er blicke in die Wüste.

De azt hihette, hogy a sivatagba néz.

Eine Ödnis, wo grauer Himmel und graue Erde verschmolzen.

Egy pusztaság, ahol a szürke ég és a szürke föld összeolvadt.

Zweimal bemerkte die aufmerksame Schwester, dass der Stuhl verschoben worden war.

A figyelmes nővér kétszer is észrevette, hogy a szék elmozdult.

Nachdem sie aufgeräumt hatte, schob sie den Stuhl zurück ans Fenster.

Miután rendet rakott, visszatolta a széket az ablakhoz.

Und von nun an ließ sie sogar den Fensterflügel offen.

És mostantól még az ablakkeretet is nyitva hagyta.

Gregor wünschte sich sehr, er hätte mit seiner Schwester sprechen können.

Gregor őszintén azt kívánta, bárcsak beszélhetett volna a húgával.

Er wollte ihr für alles danken, was sie für ihn getan hatte.

Meg akarta neki köszönni mindazt, amit érte tett.

Dann hätte er ihre Dienste leichter toleriert.

Akkor könnyebben elviselte volna a szolgálataikat.

Doch so wie die Dinge standen, litt er darunter, dass sie ihm half.

De ahogy a dolgok álltak, szenvedett attól, hogy a nő segített neki.

Die Schwester versuchte natürlich, die Peinlichkeit zu überspielen.

A húg persze megpróbálta elfojtani a zavart.

Und sie tat ihr Bestes, so zu tun, als ob sie sich nicht belastet fühlte.

És mindent megtett, hogy úgy tegyen, mintha nem érezné magát tehernek.

Natürlich musste sie das erst einmal üben.

Persze ezt először gyakorolnia kellett.

Und je mehr Zeit verging, desto besser wurde sie darin.

És minél több idő telt el, annál jobban csinálta.

Gregor erhielt jedoch auch mehr Zeit, um ihr Täuschungsmanöver zu durchschauen.

De Gregornak több ideje volt arra is, hogy lássa a színlelését.

Schon das Betreten seines Zimmers durch sie war für ihn eine Tortur.

Már az is megpróbáltatás volt számára, amikor belépett a szobájába.

Kaum war sie eingetreten, rannte sie direkt zum Fenster.

Amint belépett, egyenesen az ablakhoz rohant.

Sie nahm sich nicht einmal die Zeit, die Tür zu schließen.

Még arra sem vette a fáradságot, hogy becsukja az ajtót.

Normalerweise ersparte sie allen den Anblick von Gregors Zimmer.

Általában megkímélte mindenkit Gregor szobájának látványától.

Und mit hastigen Händen riss sie das Fenster auf.

És sietős kézzel felrántotta az ablakot.

Dann atmete sie wieder, als ob sie erstickt wäre.

Aztán újra levegőt vett, mintha fulladozott volna.

Die einströmende Luft war kalt, und sie atmete tief durch.

Hideg levegő áradt be, és mélyeket lélegzett.

Dennoch blieb sie noch eine Weile am Fenster stehen.

De azért még egy darabig az ablaknál maradt.

Mit dieser Routine ängstigte sie Gregor zweimal täglich.

Naponta kétszer is megijesztette Gregort ezzel a szokással.

Während sie im Zimmer war, zitterte er unter dem Sofa.

Amíg a nő a szobában volt, a férfi remegett a kanapé alatt.

Er wusste, dass sie ihm diese Tortur gern erspart hätte.

Tudta, hogy a lány szívesen megkímélte volna őt ettől a megpróbáltatástól.

Aber sie konnte nicht in dem Zimmer sein, wenn das Fenster geschlossen war.

De nem maradhatott a szobában csukott ablakkal.

Einmal kam sie etwas früher.

Volt egyszer egy alkalom, amikor kicsit korábban jött be.

Vermutlich etwa einen Monat nach Gregors Verwandlung.

Valószínűleg körülbelül egy hónappal Gregor átalakulása után.

Sie hatte sich ein wenig an sein neues Aussehen gewöhnt.

Valamennyire már megszokta az új külsejét.

Sie hatte also keinen Grund mehr, besonders schockiert zu sein.

Így hát már nem volt oka különösebben megdöbbenni.

Sie fand ihn immer noch regungslos aus dem Fenster starrend vor.

Még mindig mozdulatlanul bámult ki az ablakon.

Er befand sich am schrecklichsten Ort, an dem er hätte sein können.

A lehető legszörnyűbb helyen volt.

Er wäre nicht überrascht gewesen, wenn sie nicht hereingekommen wäre.

Nem lepődött volna meg, ha nem jön be.

Er hinderte sie daran, das Fenster zu öffnen.

Ahol megakadályozták abban, hogy kinyissa az ablakot.

Sie verließ schnell wieder das Zimmer und schloss die Tür.

Gyorsan ismét kiment a szobából, és becsukta az ajtót.

Ein Fremder hätte zu allen möglichen Schlussfolgerungen gelangen können.

Egy idegen mindenféle következtetésre juthatott volna.

Vielleicht wartete er nur auf die Gelegenheit, sie zu beißen.

Talán csak a lehetőségre várt, hogy megharaphassa.

Gregor versteckte sich natürlich sofort unter dem Sofa.

Gregor természetesen azonnal elbújt a kanapé alá.

Doch er musste bis Mittag warten, bis seine Schwester zurückkehrte.

De délig kellett várnia, hogy a nővére visszatérjen.
Und sie wirkte viel unruhiger als sonst.
Es sokkal nyugtalanabbnak tűnt, mint általában.
Ihm wurde klar, dass der Anblick von ihm immer noch unerträglich war.
Rájött, hogy a látványa még mindig elviselhetetlen.
Der Anblick von ihm würde für sie weiterhin unerträglich bleiben.
A látványa elviselhetetlen marad számára.
Sie konnte es wahrscheinlich nicht ertragen, auch nur einen Teil von ihm zu sehen.
Valószínűleg képtelen lett volna bármit is látni belőle.
Ein kleines Teil ragte immer unter dem Sofa hervor.
Egy kis rész mindig kiállt a kanapé alól.
Eines Tages trug er ein Bettlaken auf dem Rücken zum Sofa.
Egy nap egy lepedőt vitt a hátán a kanapéra.
Er wollte verhindern, dass sie irgendetwas von ihm sah.
Meg akarta kímélni attól, hogy bármelyik részét is lássa belőle.
Er richtete das Bettlaken so aus, dass er vollständig verdeckt war.
Úgy rendezte el a lepedőt, hogy teljesen eltakarva legyen.
Selbst wenn sie sich bückte, könnte sie ihn nicht sehen.
Még ha lehajolna sem látná.
Für Gregor dauerte die gesamte Arbeit mehr als drei Stunden.
Az egész munka több mint három órát vett igénybe Gregornak.
Möglicherweise hielt sie das Bettlaken für überflüssig.
Lehet, hogy feleslegesnek gondolta az ágyneműt.
Sie hätte gewusst, dass er das Bettlaken nicht wollte.
Tudhatta volna, hogy nem akarja a lepedőt.
Er tat es zu ihrem Wohlbefinden und nicht für sich selbst.
A nő kényelméért tette, nem pedig saját maga miatt.
Und sie hätte das Bettlaken abnehmen können, wenn sie gewollt hätte.
És le is vehette volna a lepedőt, ha akarta volna.

Aber sie ließ das Bettlaken dort, wo Gregor es hingelegt hatte.

De ott hagyta a lepedőt, ahová Gregor tette.

Und Gregor glaubte sogar, einen dankbaren Blick erhascht zu haben.

Gregor még hálás pillantást is kapott.

Er hatte das Bettlaken vorsichtig mit dem Kopf angehoben.

Finoman felemelte a fejével az ágyneműt.

Er wollte herausfinden, ob seiner Schwester die Vereinbarung gefiel.

Látni akarta, hogy a húgának tetszik-e az elrendezés.

Die ersten zwei Wochen waren für die Eltern am schwierigsten.

Az első két hét volt a legnehezebb a szülők számára.

Sie brachten es nicht übers Herz, hereinzukommen und ihn zu sehen.

Nem tudták rávenni magukat, hogy bejöjjenek és meglátogassák.

Er belauschte in dieser Zeit viele ihrer Gespräche.

Sok beszélgetésüket kihallgatta ez idő alatt.

Sie nahmen alles, was die Schwester tat, voll und ganz zur Kenntnis.

Teljes mértékben elismerték mindazt, amit a nővér tett.

Auch wenn sie früher oft verärgert über sie waren.

Annak ellenére, hogy régen gyakran bosszankodtak miatta.

Weil sie ein ziemlich nutzloses Mädchen gewesen zu sein schien.

Mert kissé haszontalan lánynak tűnt.

Nun warteten sie auf der anderen Seite des Raumes.

Most ők várakoztak a szoba másik oldalán.

Und sie war es, die den Raum betrat, um alles zu erledigen.

És ő volt az, aki bement a szobába, hogy mindent megcsináljon.

Sobald sie herauskam, wollten sie alles wissen.

Amint kijött, mindent tudni akartak.

Sie musste ihnen genau beschreiben, wie das Zimmer
aussah.

Pontosan el kellett mondania nekik, hogy néz ki a szoba.

„Was hat Gregor gegessen? Wie hat er sich diesmal
verhalten?"

„Mit evett Gregor? Hogyan viselkedett ezúttal?"

„War vielleicht eine leichte Verbesserung zu bemerken?"

"Talán volt némi javulás, amit észre lehetett venni?"

Die Mutter war übrigens tatsächlich mutiger.

Az anya egyébként valójában bátrabb volt.

Und natürlich war es ihr eigener Sohn im Zimmer.

És persze a saját fia volt a szobában.

Sie wollte Gregor eigentlich schon bald besuchen.

Valójában viszonylag hamar meg akarta látogatni Gregort.

Doch der Vater und die Schwester hielten sie zunächst
zurück.

De az apa és a nővér eleinte visszatartották.

Sie brachten sehr rationale Argumente dafür vor, dass sie
nicht gehen sollte.

Nagyon racionális érveket hoztak fel amellett, hogy ne menjen
el.

Gregor hörte ihren Argumenten sehr aufmerksam zu.

Gregor nagyon figyelmesen hallgatta az érvelésüket.

Und er akzeptierte die Argumentation genauso wie seine
Mutter.

És ugyanúgy elfogadta az érvelést, mint az anyja.

Später musste sie jedoch mit Gewalt zurückgehalten
werden.

Később azonban erőszakkal kellett visszatartani.

"Lasst mich zu Gregor hinein, er ist mein unglücklicher
Sohn!"

"Engedj be Gregorhoz, ő az én szerencsétlen fiam!"

"Verstehst du denn nicht, dass ich ihn aufsuchen muss?"

– Nem érted, hogy el kell mennem hozzá?

Gregor ließ sich ebenfalls von den Argumenten seiner
Mutter überzeugen.

Gregort anyja érvei is meggyőzték.

Vielleicht hatte sie recht; es wäre gut, wenn sie hereinkäme.
Talán igaza volt; jó lenne, ha bejönne.
Ihn jeden Tag zu besuchen, wäre viel zu viel.
Túl sok lenne minden nap úgy tenni, mintha ő lenne.
Aber ihn vielleicht einmal pro Woche zu sehen, könnte genügen.
De elég lehet hetente egyszer találkozni vele.
Sie versteht die Dinge vielleicht viel besser als die Schwester.
Lehet, hogy sokkal jobban érti a dolgokat, mint a nővére.
Trotz all ihres Mutes war sie doch nur ein Kind.
Minden bátorsága ellenére még mindig csak egy gyerek volt.
Vielleicht war es kindliche Unbekümmertheit, die sie dazu veranlasste, diese Aufgabe anzunehmen.
Talán gyerekes vakmerőség vitte rá, hogy elvállalja a feladatot.
Doch Gregors Wunsch, seine Mutter wiederzusehen, ging bald in Erfüllung.
De Gregor kívánsága, hogy lássa az anyját, hamarosan valóra vált.
Tagsüber hielt sich Gregor vom Fenster fern.
Napközben Gregor távol maradt az ablaktól.
Dies tat er aus Rücksicht auf seine Eltern.
Ezt szülei iránti tekintettel tette.
Er hatte nicht viel Platz, um auf dem Boden herumzukriechen.
Nem sok helye volt a padlón mászkálni.
Es fiel ihm schwer, nachts still zu liegen.
Nehezére esett nyugton feküdnie éjszaka.
Das Essen bereitete ihm nicht einmal mehr die geringste Freude.
Az evés már a legcsekélyebb örömet sem okozta neki.
Natürlich musste er sich irgendwie ablenken.
Persze, valahogy ki kellett találnia a módját, hogy elterelje a figyelmét.
Um sich die Zeit zu vertreiben, kletterte er die Wände rauf und runter.
Hogy elszórakozza magát, fel-alá mászott a falakon.

Und er kroch auch kopfüber an der Decke entlang.

És a mennyezeten is végigkúszott, fejjel lefelé.

Besonders glucklich war er, als er von der Decke hing.

Különösen boldog volt, amikor a mennyezetről lógott.

Es war etwas völlig anderes, als auf dem Boden zu liegen.

Teljesen más volt, mint a földön feküdni.

In dieser Position fiel ihm das Atmen deutlich leichter.

Ebben a pozícióban sokkal könnyebben kapott levegőt.

Ein leichtes, aber angenehmes Kribbeln durchfuhr seinen Körper.

Egy enyhe, de kellemes rezgés futott végig a testén.

Manchmal gab er sich seinem Glück sogar zu sehr hin.

Néha túlságosan is belefeledkezett a boldogságába.

Manchmal ließ er sich ablenken und ließ die Decke los.

Néha elterelődött a figyelme, és elengedte a plafont.

Und zu seiner eigenen Überraschung landete er wieder auf dem Boden.

És legnagyobb meglepetésére visszaesett a földre.

Aber er hatte seinen Körper deutlich besser unter Kontrolle als zuvor.

De sokkal jobban uralta a testét, mint korábban.

So verletzte er sich nun nicht mehr bei so heftigen Stürzen.

Így most nem sérült meg ilyen nagy esésektől.

Die Schwester bemerkte sofort Gregors neue Freude.

A húg azonnal észrevette Gregor új örömét.

Und dort, wo er gekrochen war, waren Klebstoffreste zu sehen.

És ragasztónyomok voltak ott, ahol kúszott.

Auch hier dachte die Schwester an Gregors Wohlbefinden.

A nővér itt ismét Gregor jólétére gondolt.

Vielleicht würde er mehr Platz zum Herumkriechen begrüßen.

Talán értékelné, ha több hely lenne a mászkáláshoz.

Und der Gedanke hatte sich fest in ihrem Kopf verankert.

És az ötlet szilárdan meggyökeresedett a fejében.

Einige der großen Möbelstücke behinderten seine Bewegungsfreiheit.

Néhány nagy bútor akadályozta a szabad mozgását.
Da er nicht mehr arbeitete, brauchte er den Schreibtisch nicht mehr.
Már nem dolgozott, így nem volt szüksége az íróasztalra.
Und die Schachtel nahm auch mehr Platz ein als nötig. ***
És a doboz több helyet foglalt el, mint amennyi kellett volna. ***
Die Schwester war nicht in der Lage, diese Dinge allein zu bewegen.
A nővér nem tudta egyedül mozgatni ezeket a dolgokat.
Natürlich wagte sie es nicht, den Vater um Hilfe zu bitten.
Természetesen nem mert segítséget kérni az apjától.
Das Dienstmädchen hätte ihr sicherlich auch nicht geholfen.
A szobalány biztosan sem segített volna neki.
Das neue Dienstmädchen war tatsächlich ein Jahr jünger als sie.
Az új szobalány valójában egy évvel fiatalabb volt nála.
Sie hatte mutig die Rolle der ehemaligen Magd übernommen.
Bátran elvállalta az egykori szobalány szerepét.
Doch ein Privileg wollte sie unbedingt haben.
De volt egy kiváltság, amihez ragaszkodott.
Sie wollte die Küche stets verschlossen halten.
Azt akarta, hogy a konyha mindig zárva legyen.
Daher blieb der Schwester nichts anderes übrig, als ihre Mutter zu fragen.
Így a nővérnek nem volt más választása, mint megkérdezni az anyját.
Unter Freudenschreien kam die Mutter herbei, um zu helfen.
Az anya izgatott örömkiáltásokkal sietett segítségül.
Doch an der Tür zu Gregors Zimmer verstummte sie.
De Gregor szobájának ajtajában elhallgatott.
Die Schwester überprüfte, ob im Zimmer alles in Ordnung war.
A nővér ellenőrizte, hogy minden rendben van-e a szobában.
Gregor hatte das Bettlaken hastig noch straffer gezogen.

Gregor sietősen még szorosabbra húzta a lepedőt.

Obwohl das Bettlaken immer noch willkürlich angeordnet aussah.

Bár az ágynemű még mindig véletlenszerűen elrendezettnek tűnt.

Erst dann ließ sie ihre Mutter ins Zimmer.

És csak ezután engedte be anyját a szobába.

Gregor verzichtete auch darauf, unter dem Laken hervorzuspähen.

Gregor tartózkodott attól is, hogy a lepedő alól kémleljen.

Er beschloss, diesmal auf einen Besuch bei seiner Mutter zu verzichten.

Úgy döntött, ezúttal nem látja meg az anyját.

Gregor war schon froh genug, dass sie überhaupt gekommen war.

Gregor örült, hogy egyáltalán bejött.

„Komm herein, du kannst ihn nicht sehen", sagte die Schwester.

– Gyere be, nem láthatod – mondta a nővér.

Gregor nahm an, dass sie ihre Mutter an der Hand führte.

Gregor feltételezte, hogy kézen fogva vezeti az anyját.

Dann hörte er, wie die beiden schwachen Frauen die Möbel verrückten.

Aztán meghallotta, hogy a két gyenge nő a bútorokat mozgatja.

Die Schwester schien den größten Teil der Arbeit für sich zu beanspruchen.

A nővér látszólag a munka nagy részét magának követelte.

Ihre Mutter befürchtete, sie würde sich überanstrengen.

Az anyja attól félt, hogy túl fogja magát erőltetni.

Doch die Schwester schenkte diesen Warnungen keine Beachtung.

De a nővér nem figyelt ezekre a figyelmeztetésekre.

Doch auch nach fünfzehn Minuten ging es nur sehr langsam voran.

De még tizenöt perc elteltével is nagyon lassú volt a haladás.

Es war ihnen nicht gelungen, die Möbel weit zu bewegen.

Nem sikerült messzire vinniük a bútorokat.

Langsam beschlich sie ein Gefühl der Niederlage.

Lassan kezdték érezni a vereség érzését.

Die Mutter war die Erste, die die Sinnlosigkeit eingestand.

Az anya ismerte be elsőként a hiábavalóságot.

"Vielleicht wäre es besser, die Schachtel hier zu lassen."

– Talán jobb lenne itt hagyni a dobozt.

„Die Kiste ist zu schwer, als dass wir sie noch viel weiter bewegen könnten."

"A doboz túl nehéz ahhoz, hogy sokkal messzebbre tudjunk vinni."

„Und wir werden nicht fertig sein, bevor dein Vater eintrifft."

– És nem fejezzük be, mielőtt megérkezik az apád.

„Wenn wir die Kiste hier lassen würden, würde das seinen Weg nur noch mehr versperren."

"Ha itt hagynád a dobozt, még jobban elállnád az útját."

Und können wir sicher sein, dass wir ihm damit einen Gefallen tun?

– És biztosak lehetünk benne, hogy szívességet teszünk neki?

Sie begannen zu glauben, dass das Gegenteil durchaus der Fall sein könnte.

Elkezdték azt hinni, hogy az ellenkezője is igaz lehet.

Der Anblick der leeren Wand lastete schwer auf ihrem Herzen.

Az üres fal látványa nehéz súlyt ejtett a szívében.

Was spricht dagegen, dass Gregor das auch so empfinden würde?

Mit mondhatnánk arról, hogy Gregor ne érezne így?

„Er hat sich bereits an die Möbel in seinem Zimmer gewöhnt."

„Már hozzászokott a szobájában lévő bútorokhoz."

„In einem leeren Zimmer könnte er sich noch verlassener fühlen."

„Egy üres szobában még elhagyatottabbnak érezheti magát."

Ihre Stimme war inzwischen fast zu einem Flüstern gesunken.

Ekkorra már szinte suttogássá halkult a hangja.

Sie wusste tatsächlich nicht, wo sich Gregor genau aufhielt.

Valójában nem tudta Gregor pontos hollétét.

Sie wollte nicht einmal, dass er ihre Stimme hörte.

Azt sem akarta, hogy a férfi még a hangját is hallja.

Obwohl sie sich sicher war, dass er sie nicht verstand.

Bár biztos volt benne, hogy a férfi nem érti őt.

„Würde es nicht so aussehen, als hätten wir ihn völlig aufgegeben?"

„Nem úgy tűnne, mintha teljesen feladtuk volna őt?"

"Wird er nicht das Gefühl haben, dass wir ihn mit der Situation allein lassen?"

„Nem fogja úgy érezni, hogy egyedül hagyjuk megbirkózni a nehézségekkel?"

„Wir sollten den Raum genau so verlassen, wie er war."

„Pontosan úgy kell elhagynunk a szobát, ahogy volt."

„Irgendwann wird Gregor zu uns zurückkehren, so wie er war."

„Gregor végül úgy tér vissza hozzánk, ahogy volt."

„Dann wird er feststellen, dass alles noch an seinem Platz ist."

„Akkor majd azt fogja tapasztalni, hogy minden a helyén van."

„Und er wird die Übergangszeit viel leichter vergessen."

„És sokkal könnyebben elfelejti majd az átmeneti időszakot."

Als Gregor diese Worte hörte, begriff er etwas.

Amikor Gregor meghallotta ezeket a szavakat, rájött valamire.

Sein Verstand war in den letzten zwei Monaten verwirrt worden.

Az elmúlt két hónapban teljesen összezavarodott az elméje.

Der Mangel an menschlicher Interaktion hatte ihm nicht gutgetan.

Az emberi interakció hiánya nem tett jót neki.

Er brauchte das eintönige Leben im Kreise seiner Familie wirklich.

Igazán szüksége volt a családi körben töltött monoton életre.

Warum sonst hätte er eine solch unsinnige Forderung gestellt?

Különben miért támasztott volna ilyen értelmetlen követelést?

Welchen Sinn sollte es denn haben, sein Zimmer zu räumen?

Mi értelme volt kiüríteni a szobáját?

Das gemütliche Zimmer war mit geerbten Möbeln eingerichtet.

A kényelmes szoba örökölt bútorokkal berendezett.

Warum sollte er diese bekannte Wärme in eine Höhle verwandeln wollen?

Miért akarná ezt az ismert meleget barlanggá változtatni?

Eine Höhle, in der er ungestört in alle Richtungen kriechen konnte.

Egy barlang, ahol békésen mászkálhatott minden irányba.

Doch in einer Höhle vergaß er rasch seine menschliche Vergangenheit.

De egy barlang, amelyben gyorsan elfelejtette emberi múltját.

Er fragte sich, ob er schon kurz davor war, alles zu vergessen.

Azon tűnődött, hogy vajon már közel jár-e a felejtéshez.

Die Stimme seiner Mutter hatte ihn aufgerüttelt und seine Erinnerung wachgerufen.

Anyja hangja rázította fel benne az emlékezést.

Die Stimme, die er so lange nicht gehört hatte.

A hang, amit oly régóta nem hallott.

Nichts durfte entfernt werden; alles musste bleiben.

Semmit sem szabadott eltávolítani; mindennek a helyén kellett maradnia.

Die Möbel wirkten sich positiv auf seinen Zustand aus.

A bútorok pozitívan befolyásolták az állapotát.

Und ohne diesen Anker zur Vergangenheit konnte er nicht zurechtkommen.

És nem boldogulhatott e múlthoz való kapocs nélkül.

Die Möbel hinderten ihn daran, sinnlos herumzukriechen.

A bútorok megakadályozták az eszméletlen mászkálásban.

Das war aber kein Verlust, sondern vielmehr ein großer Vorteil.

De ez nem veszteség volt, hanem hatalmas előny.

Leider hatte die Schwester eine ganz andere Meinung.

Sajnos a nővérnek egészen más volt a véleménye.

Sie war gewissermaßen zu einer Sprecherin Gregors geworden.

Valahogy Gregor szóvivőjévé vált.

Natürlich war ihre Meinung nicht völlig unberechtigt.

Természetesen a véleménye nem volt teljesen megalapozatlan.

Doch der Meinung ihrer Mutter musste hier widersprochen werden.

De az anyja véleményét itt meg kellett cáfolni.

Es war nicht nur die Kiste, die nun entfernt werden musste.

Nem csak a dobozt kellett most eltávolítani.

Sein Schreibtisch und der Kleiderschrank konnten ebenfalls nicht bleiben.

Az íróasztala és a ruhásszekrény sem maradhatott.

Das Einzige, was unverzichtbar war, war das Sofa.

Az egyetlen nélkülözhetetlen dolog a kanapé volt.

Sie hat diese Entscheidung nicht aus kindischem Trotz getroffen.

Nem csupán gyerekes dacból döntött így.

Es lag auch nicht an ihrem erst kürzlich gewonnenen Selbstvertrauen.

Nem is a nemrég szerzett önbizalma volt az oka.

Das neue Selbstvertrauen, das sie hatte, trieb sie an, so hart für den Sieg zu arbeiten.

Az új önbizalom, amiért olyan keményen kellett dolgoznia a győzelemért.

Auch wenn niemand erwartet hatte, dass sie dazu in der Lage sein würde.

Annak ellenére, hogy senki sem számított rá, hogy képes lesz rá.

Gregor brauchte tatsächlich viel Platz zum Kriechen.

Gregornak tényleg sok helyre volt szüksége a mászáshoz.

Die Möbel schränkten den ihm zur Verfügung stehenden Raum zusätzlich ein.

A bútorok csak behatárolták a rendelkezésre álló helyet.

Sie konnte diese Dinge besser sehen als die Mutter.

Jobban látta ezeket a dolgokat, mint az anya.

Aber vielleicht spielte auch ihre romantische Ader eine Rolle.

De talán romantikus szelleme is szerepet játszott.

Mädchen in diesem Alter entwickeln oft eine gewisse Begeisterung.

Az ilyen korú lányok gyakran lelkesedéssel töltik el az embereket.

Und sie verspüren das Bedürfnis, ihren Willen durchzusetzen, wann immer es ihnen möglich ist.

És úgy érzik, hogy amikor csak tudják, érvényesíteni kell az akaratukat.

Vielleicht wollte sie ihn deshalb heimlich sabotieren.

Talán ezért akarta titokban szabotálni őt.

Noch furchterregender ist er, wenn er an den Wänden entlangkriecht.

Még félelmetesebb, amikor a falakon mászik.

Die Eltern trauten sich nicht mehr, das Zimmer zu betreten.

A szülők már nem mertek belépni a szobába.

Sie wäre tatsächlich die alleinige Betreuerin ihres Bruders.

Valójában ő lenne a testvére egyetlen gondozója.

Sie ließ sich von ihrer Mutter nicht umstimmen.

Nem hagyta, hogy anyja rábeszélje az ellenkezőjére.

Gregors Mutter fühlte sich in dem Zimmer bereits unwohl.

Gregor anyja már nyugtalanul érezte magát a szobában.

Sie hörte bald auf zu sprechen und half ihrer Tochter erneut.

Hamarosan abbahagyta a beszédet, és ismét segített a lányának.

Mit ihren letzten Kräften entfernten sie den Kleiderschrank.

Maradék erejükkel eltávolították a szekrényt.

Auf die Kommode konnte er verzichten.

A fiókos szekrény nélkülözhetetlen volt.

Der Schreibtisch musste aber vorerst dort bleiben.

De az íróasztalnak egyelőre maradnia kellett.

Während die Frauen weg waren, versuchte er, sich einen Überblick über den Raum zu verschaffen.

Amíg a nők elmentek, megpróbálta felmérni a szobát.

Und Gregor streckte seinen Kopf unter dem Sofa hervor.

És Gregor kidugta a fejét a kanapé alól.

Er musste sehen, was er in dieser Situation tun konnte.

Látnia kellett, mit tehet a helyzettel.

Aber er war so vorsichtig und rücksichtsvoll wie möglich.

De a lehető legóvatosabb és legfigyelmesebb volt.

Leider war es die Mutter, die zuerst zurückkehrte.

Sajnos az anyuka ért vissza először.

Grete war noch dabei, den Kleiderschrank im Nebenzimmer umzustellen.

Grete még mindig a ruhásszekrényt pakolgatta a szomszéd szobában.

Die Mutter war den Anblick Gregors jedoch nicht gewohnt.

De az anya nem volt hozzászokva Gregor látványához.

Schon ein flüchtiger Blick auf ihn hätte sie krank machen können.

Már egy pillantás is rosszul érezhette volna magát tőle.

Gregor eilte rückwärts zum anderen Ende des Sofas.

Gregor sietve hátralépett a kanapé túlsó végébe.

Aber er konnte sich nicht zurücklehnen und das Bettlaken ausbalancieren.

De nem tudott hátralépni és egyensúlyozni az ágyneműt.

Die Bewegung reichte aus, um die Aufmerksamkeit der Mutter zu erregen.

A mozdulat elég volt ahhoz, hogy felkeltse az anya figyelmét.

Sie hielt inne und verharrte einen kurzen Moment ganz still.

Megállt, és egy rövid pillanatig mozdulatlanul állt.

Dann drehte sie sich um und verließ das Zimmer wieder.

Aztán megfordult, és visszament a szobából.

Gregor redete sich immer wieder ein, dass nichts Ungewöhnliches passiert sei.

Gregor folyton azt mondogatta magának, hogy semmi különös nem történt.

„Es handelt sich lediglich um ein paar Möbelstücke, die weggebracht wurden."

„Csak néhány bútort vittek el."

Doch schon bald musste er zugeben, dass ihn die Ereignisse mitgenommen hatten.

De hamarosan be kellett ismernie, hogy az események őt is érintették.

Die Frauen hatten alles, was sie taten, auch gesagt.

A nők mindent elmondtak, amit tettek.

Sie waren im Zimmer auf und ab gegangen.

Ide-oda járkáltak a szobában.

Das Kratzen aller Möbelstücke auf dem Boden.

A padlón lévő összes bútor kaparászása.

Er hatte das Gefühl, von allen Seiten angegriffen zu werden.

Úgy érezte, mintha minden oldalról támadnák.

Er zog Kopf und Beine so fest wie möglich an.

Olyan szorosan húzta be a fejét és a lábait, amennyire csak tudta.

Mit aller Kraft presste er seinen Körper zu Boden.

Teljes erejével a földhöz szorította a testét.

Er wusste, dass er das alles nicht mehr lange aushalten konnte.

Tudta, hogy mindezt már nem sokáig bírja elviselni.

Sie räumten sein Zimmer aus und nahmen alles mit, was ihm lieb und teuer war.

Kiürítették a szobáját, és elvitték mindenét, amit szeretett.

Sie hatten bereits die Kiste mit all seinen Werkzeugen mitgenommen.

Már elvitték a ládát, amiben az összes szerszáma volt.

Nun lockerten sie seinen schweren Schreibtisch vom Boden.

Most a nehéz íróasztalát lazították fel a földről.

Der Schreibtisch, an dem er nach seiner Rückkehr von der Arbeit gearbeitet hatte.

Az íróasztal, amelyen a munkából való hazatérés után dolgozott.

Der Schreibtisch, an dem er seine Geschäftsaufgaben erledigt hatte.

Az íróasztal, amire az üzleti feladatait írta.

Der Schreibtisch, an dem er in der Sekundarschule seine Hausaufgaben gemacht hatte.

Az asztal, amelyen a középiskolában a házi feladatát írta.

Ja, diesen Schreibtisch hatte er schon in der Grundschule.

Igen, már volt ilyen padja az általános iskolában.

Er hatte wirklich keine Zeit, sich von ihren guten Absichten zu überzeugen.

Valójában nem volt ideje megerősíteni jó szándékaikat.

Obwohl er beinahe vergessen hatte, dass sie überhaupt da waren.

Bár már majdnem el is felejtette, hogy ott vannak.

Weil sie vor Erschöpfung still arbeiteten.

Mert a kimerültség miatt csendben dolgoztak.

Sie waren zu müde, um ihre Bewegungen jetzt noch bekannt zu geben.

Túl fáradtak voltak ahhoz, hogy bejelentsék a mozgásukat.

Alles, was er hörte, waren ihre schweren Schritte auf dem Boden.

Csak a nehéz lépteiket hallotta a padlón.

Genau in diesem Moment lehnten sie an der Kiste.

Épp abban a pillanatban nekidőltek a doboznak.

Und da kam Gregor unter dem Sofa hervor.

És ekkor bukkant elő Gregor a kanapé alól.

Er änderte viermal seine Laufrichtung.

Négyszer változtatta meg a futás irányát.

Er konnte sich nicht entscheiden, welcher Gegenstand zuerst gerettet werden musste.

Nem tudta eldönteni, melyik tárgyat kell először megmentenie.

Plötzlich richtete sich sein Blick auf die leere Wand.

Hirtelen az üres falra vonta magára a figyelmét.

Alles, was sie ihm hinterlassen hatten, war das Bild der Dame im Pelzmantel.

Csak a szőrös hölgy képét hagyták meg neki.

Er kroch zu dem Bild und drückte seinen Körper an sie.

Odakúszott a képhez, hogy testével hozzápréselődjön.

Und sein Körper verdeckte vollständig das Bild.
És a teste teljesen eltakarta a kép látványát.
Das Glas stützte ihn und kühlte seinen heißen Bauch.
A pohár tartotta a lábán, és megnyugtatta forró gyomrát.
Dieses Foto konnte ihm nicht mehr abgenommen werden.
Ezt a képet már nem lehetett elvenni tőle.
Dann wandte er den Kopf zur Wohnzimmertür.
Aztán a nappali ajtaja felé fordította a fejét.
Er wollte zusehen, wie die Frauen ins Zimmer zurückkehrten.
Végignézte, ahogy a nők visszatérnek a szobába.
Und sie ruhten sich nicht lange aus, bevor sie wieder zurückkehrten.
És nem sokáig pihentek, mielőtt újra visszatértek.
Grete hatte den Arm um ihre Mutter gelegt, um ihr beim Gehen zu helfen.
Grete átkarolta anyját, hogy segítsen neki járni.
„Was sollen wir denn jetzt nehmen?", fragte Grete und blickte sich um.
„Most mit vigyünk?" – kérdezte Grete, és körülnézett.
Genau in diesem Moment trafen sich ihre Blicke mit Gregors.
Éppen abban a pillanatban tekintete találkozott Gregoréval.
Trotz des Schocks behielt sie die Fassung.
A sokk ellenére megőrizte a józan eszét.
Vermutlich nur wegen der Anwesenheit ihrer Mutter.
Valószínűleg csak az anyja jelenléte miatt.
Sie neigte ihr Gesicht zu ihrer Mutter und verdeckte ihr die Sicht.
Arcát anyja felé fordította, eltakarva a tekintetét.
Und dann sagte sie, zitternd und gedankenlos:
Aztán remegve és meggondolatlanul így szólt:
"Kommt schon, sollten wir nicht zurück ins Wohnzimmer gehen?"
– Gyerünk, nem mennénk vissza a nappaliba?
Gregor konnte die Absichten der Schwester leicht verstehen.
Gregor könnyen megértette a nővér szándékait.

Ihre oberste Priorität war es, ihre Mutter in Sicherheit zu bringen.

Elsődleges feladata az volt, hogy biztonságba helyezze az édesanyját.

Aber dann wollte sie ihn von der Mauer herunterjagen.

De aztán le fogja kergetni a falról.

„Nun, sie kann es ja versuchen!", dachte Gregor bei sich.

„Hát, megpróbálhatja!" – gondolta magában Gregor.

Er behielt sein Bild fest im Blick und gab es nicht her.

Szilárdan ült a képén, és nem adta fel.

Am liebsten wäre er der Schwester ins Gesicht gesprungen.

Inkább a húg arcába ugrott volna.

Doch Gretes Worte hatten ihre Mutter noch mehr beunruhigt.

De Grete szavai még jobban aggasztották az anyját.

Sie trat beiseite, um zu sehen, was vor ihr verborgen wurde.

Félreállt, hogy lássa, mit rejtegetnek előle.

Und sie sah den braunen Fleck auf der geblümten Tapete.

És meglátta a barna foltot a virágos tapétán.

Und sie schrie auf, noch bevor sie merkte, dass es Gregor war.

És felsikoltott, mielőtt még rájött volna, hogy Gregor az.

"Oh Gott", schrie sie mit ausgestreckten Armen.

– Ó, Istenem! – sikította kinyújtott karokkal.

Und sie sank auf die Couch, als hätte sie aufgegeben.

És úgy rogyott le a kanapéra, mintha feladta volna.

„Gregor!", rief die Schwester ihm mit erhobener Faust zu.

„Gregor!" – kiáltotta rá a nővér felemelt ököllel.

Und sie warf ihm einen langen, harten und durchdringenden Blick zu.

És hosszan, keményen és áthatóan nézett rá.

Dies war das erste Mal, dass sie direkt mit ihm gesprochen hatte.

Ez volt az első alkalom, hogy közvetlenül beszélt vele.

Sie rannte ins Nebenzimmer, um Riechsalz zu holen.

Átrohant a szomszéd szobába, hogy illatos sót hozzon.

Sie musste ihre Mutter wieder zum Bewusstsein bringen.

Vissza kellett hoznia az anyját az eszméletéhez.

Gregor wollte helfen, er konnte das Bild später aufbewahren.

Gregor segíteni akart, később majd elmentheti a képet.

Doch er war fest an der Glasscheibe festgeklebt.

De erősen odaszorult az üveghez.

Deshalb musste er sich mit großer Kraft losreißen.

Így aztán nagy erőt kellett bevetve eltépnie magát.

Auch er rannte in den nächsten Raum, wo sich die Schwester befand.

Ő is berohant a szomszéd szobába, ahol a nővér volt.

Früher hätte er ihr vielleicht einen Rat geben können.

Régebben adhatott volna neki egy kis tanácsot.

Doch nun konnte er nichts anderes tun, als tatenlos zuzusehen.

De most nem tehetett mást, mint tétlenül állt és nézte.

Sie durchwühlte die Schublade und öffnete verschiedene Flaschen.

Átkutatta a fiókot, és különféle üvegeket nyitott ki.

Und er erschreckte sie immer noch, als sie sich umdrehte.

És még akkor is megijesztette, amikor a lány megfordult.

Eine Flasche fiel zu Boden, zerbrach und splitterte.

Egy üveg a földre esett, eltört, majd szilánkokra tört.

Ein Glassplitter traf Gregor im Gesicht und verletzte ihn.

Egy üvegszilánk Gregor arcába csapódott, és megsérült.

Die Flasche hatte eine Art ätzende Flüssigkeit enthalten.

A palack valamilyen maró folyadékot tartalmazott.

Und nun brannte die ätzende Flüssigkeit auf Gregors Gesicht.

És most a maró folyadék Gregor arcát égette.

Die Schwester hatte jedoch im Moment keine Zeit für Gregor.

A nővérnek azonban most nem volt ideje Gregorra.

Sie sammelte so viele Flaschen ein, wie sie tragen konnte.

Annyi üveget szedett fel, amennyit csak tudott.

Und sie rannte mit der Medizin zurück zu ihrer Mutter.

És visszaszaladt az anyjához a gyógyszerrel.

Sie schlug die Tür mit dem Fuß zu und schloss Gregor aus.

Lábával becsapta az ajtót, kizárva Gregort.

Nun war er von seiner möglicherweise sterbenden Mutter abgeschnitten.

Most el volt vágva a potenciálisan haldokló anyjától.

Wenn er die Tür öffnete, würde er die Schwester verjagen.

Ha kinyitná az ajtót, elkergetné a nővért.

Aber natürlich musste sie bleiben, um sich um die Mutter zu kümmern.

De persze maradnia kellett, hogy gondoskodjon az anyáról.

Es gab für ihn nichts anderes zu tun, als auf sie zu warten.

Most már nem tehetett mást, mint várta őket.

Von Selbstvorwürfen und Angst geplagt, begann er zu kriechen.

Önvád és szorongás gyötörte, ezért kúszni kezdett.

Er kroch überall hin; an Wänden, Möbeln, der Decke.

Mindenhová mászott: a falakon, a bútorokon, a mennyezeten.

Er hatte das Gefühl, als würde sich der ganze Raum um ihn drehen.

Úgy érezte, mintha az egész szoba forogna körülötte.

Schließlich fiel er, verzweifelt und schwindlig, wieder zu Boden.

Végül kétségbeesésében és szédülésében visszaesett a földre.

Und er fiel direkt auf den großen Esstisch.

És egyenesen a nagy étkezőasztalra esett.

Er lag eine Weile da, betäubt und unfähig sich zu bewegen.

Egy ideig ott feküdt, zsibbadtan és mozdulni képtelenül.

Er war erschöpft von all dem, was ihm dieser Tag gebracht hatte.

Kimerült volt mindaztól, amit ez a nap ráhozott.

Es herrschte ringsum Stille, aber vielleicht war das ein gutes Zeichen.

Csend volt mindenhol, de talán ez jó jel volt.

Dann zerriss das Klingeln an der Haustür die Stille.

Aztán, megtörve a csendet, megszólalt a kint lévő csengő.

Das Dienstmädchen hatte sich natürlich in ihrer Küche eingeschlossen.

A szobalány természetesen bezárkózott a konyhába.

Die Schwester war also die Einzige, die die Tür öffnen konnte.

Így a nővér volt az egyetlen, aki kinyithatta az ajtót.

„Was ist passiert?", fragte der Vater als Erstes.

„Mi történt?" – volt az első kérdés, amit az apa kérdezett.

Gretes Erscheinung hatte ihm wahrscheinlich alles verraten.

Grete külseje valószínűleg mindent elárult neki.

Gretes Stimme wurde beim Sprechen gedämpft und dumpf.

Grete hangja tompává és unalmassá vált, miközben beszélt.

Sie muss ihr Gesicht an die Brust ihres Vaters gedrückt haben.

Biztosan az apja mellkasához nyomta az arcát.

„Mutter war bewusstlos, aber es geht ihr jetzt besser."

– Az anya eszméletlen volt, de most már jobban van.

„Gregor ist entkommen", fügte sie hinzu, was er auch erwartet hatte.

„Gregor megszökött" – tette hozzá, amire számított is.

"Ich habe dir doch immer gesagt, dass er eines Tages ausbrechen würde."

– Mindig mondtam, hogy egy nap meg fog szökni.

„Aber ihr Frauen wolltet mir ja nicht zuhören, nicht wahr?"

– De ti nők nem akartatok rám hallgatni, ugye?

Gregor erkannte schnell, wie sein Vater die Dinge sehen würde.

Gregor gyorsan rájött, hogyan látja majd az apja a dolgokat.

Er hatte Gretes allzu kurze Nachricht falsch interpretiert.

Félreértelmezte Grete túlságosan rövid üzenetét.

Er nahm an, Gregor habe eine Gewalttat begangen.

Azt feltételezte, hogy Gregor valamilyen erőszakos cselekedetet követett el.

Gregor musste einen Weg finden, seinen Vater irgendwie zu besänftigen.

Gregornak valahogyan meg kellett találnia a módját, hogy megnyugtassa apját.

Weil er keine Zeit hatte, ihm die Dinge zu erklären.

Mert nem volt ideje elmagyarázni neki a dolgokat.

Aber er hätte die Dinge ohnehin nicht erklären können.
Do úgysem tudta volna megmagyarázni a dolgokat.
Da flüchtete er zur Tür und drückte sich dagegen.
Így hát az ajtóhoz menekült, és nekidőlt neki.
So konnte sein Vater ihn vom Vorzimmer aus sehen.
Így az apja láthatta őt az előszobából.
Und er würde erkennen, dass er die besten Absichten hatte.
És látni fogja, hogy a legjobb szándék vezérli.
Es war nicht nötig, ihn mit einem Besen zurückzudrängen.
Nem volt szükség arra, hogy seprűvel lökdössék vissza.
Der Vater hätte lediglich die Tür öffnen müssen.
Az apának csak ki kellett volna nyitnia az ajtót.
Doch er hatte keine Lust, solche Feinheiten zu bemerken.
De nem volt kedve ilyen finomságokat észrevenni.
"Da bist du ja!", rief er, sobald er eingetreten war.
„Tessék!" – kiáltotta, amint belépett.
Es war, als wäre er gleichzeitig wütend und glücklich.
Mintha egyszerre lett volna dühös és boldog.
Er zog den Kopf zurück und blickte zu seinem Vater auf.
Hátravetette a fejét, és felnézett az apjára.
Er hatte sich seinen Vater nicht so vorgestellt.
Nem gondolta volna, hogy az apja így áll ott.
Doch in letzter Zeit hatte er eine neue Ablenkung gefunden.
De az utóbbi időben új szórakozásra lelt.
Das Herumkriechen nahm nun einen großen Teil seines Tages ein.
A mászkálás mostanra a napja nagy részét kitöltötte.
Zuvor hatte er alle Neuigkeiten in der Wohnung im Blick behalten.
Azelőtt folyamatosan nyomon követte a lakásban történt híreket.
Aber in letzter Zeit hatte er nicht mehr so genau darauf geachtet.
De mostanában nem figyelt rá annyira.
Er hätte auf Veränderungen vorbereitet sein müssen.
Fel kellett volna készülnie a változásokra.
Aber war dieser Mann vor ihm noch der Vater?

Mindazonáltal, vajon ez a férfi előtte még mindig az apa volt?

War er noch derselbe Mann, der früher müde in seinem Bett lag?

Ugyanaz az ember volt, aki fáradtan feküdt az ágyában?

Als Gregor bereits auf Geschäftsreise war.

Amikor Gregor már üzleti útra ment.

War er derselbe Mann, der ihn abends begrüßte?

Ugyanaz a férfi volt, aki esténként üdvözölte?

Als er in seinem Morgenmantel in seinem Sessel saß.

Amikor köntösben ült a karosszékében.

War er derselbe Mann, der nicht aufstehen konnte, um ihn zu begrüßen?

Ugyanaz az ember volt, aki nem tudott felkelni, hogy üdvözölje őt?

So blieb er sitzen und hob freudig den Arm.

Így hát ülve maradt, és örömének jeléül felemelte a karját.

War er derselbe Mann, mit dem er gelegentlich spazieren ging?

Ugyanaz a férfi volt, akivel alkalmanként sétálni ment?

In seltenen Fällen: an einigen Sonntagen im Jahr oder an Feiertagen.

Ritka alkalmakkor: évente néhány vasárnap, vagy ünnepnapokon.

War er derselbe Mann, der in seinen Mantel gehüllt herüberkam?

Ugyanaz az ember volt, aki a nagykabátjába burkolózva sétált?

Musste er sich langsam zwischen Mutter und ihm vorwärtsarbeiten?

Lassan előrekúszott, az anyja és őközte?

Und sie gingen seinetwegen bereits langsam.

És már lassan mentek miatta.

Doch nun stand dieser Mann stark und aufrecht.

De most ez az ember erősen és egyenesen állt.

Er trug eine blaue Uniform mit goldenen Knöpfen.

Kék egyenruhát viselt, aranygombokkal.

Knöpfe, die die Angestellten der Bankinstitute tragen.

Gombok, amelyeket a bankintézmények alkalmazottai viselnek.

Über dem steifen Kragen trat sein markantes Doppelkinn hervor.

A merev gallér felett előbukkant erős tokája.

Unter seinen buschigen Augenbrauen blickten seine schwarzen Augen hervor.

Bozontos szemöldöke alól fekete szemei kidülledtek.

Seine Augen wirkten nun durchdringend, frisch und aufmerksam.

Most a tekintete áthatónak, frissnek és ébernek tűnt.

Das zuvor zerzauste weiße Haar wurde glatt gekämmt.

A korábban kócos, fehér hajat lefésülték.

Und sein Haar hatte nun einen sorgfältigen Mittelscheitel.

És a haja most gondosan középen elválasztva volt.

Er warf seinen Hut weg, der mit einem goldenen Monogramm verziert war.

Elhajította a kalapját, amelyet egy arany monogram erősített.

Es handelte sich wahrscheinlich um das Monogramm der Bank, für die er arbeitete.

Valószínűleg annak a banknak a monogramja volt, amelyiknél dolgozott.

Und der Hut landete auf dem Sofa, um später weggeräumt zu werden.

És a kalap a kanapéra esett, hogy később eltegye.

Er schob den Saum der langen Uniformjacke zurück.

Hátratolta a hosszú egyenruhazakó alját.

Und er steckte seine Daumen in die Hosentaschen.

És a hüvelykujjait a nadrágja zsebébe dugta.

Und dann ging er mit finsterer Miene auf Gregor zu.

Aztán komor arccal Gregor felé lépett.

Er wusste wahrscheinlich selbst noch nicht, was er vorhatte.

Valószínűleg azt sem tudta, mit tervez.

Dennoch hob er die Füße ungewöhnlich hoch.

De ennek ellenére szokatlanul magasra emelte a lábát.

Gregor staunte über die enorme Größe seiner Stiefel.

Gregort elámulta csizmája hatalmas mérete.

Doch dafür blieb wirklich keine Zeit, seine Schuhe zu bewundern.

De igazán nem volt idő a cipőjén csodálkozni.

Der Vater hatte sich für eine sehr strenge Disziplin entschieden.

Az apa nagyon szigorú fegyelmet határozott el.

Für Gregor war nur die größtmögliche Strenge angemessen.

Gregorral szemben csak a legnagyobb szigor illett.

Das wusste er vom ersten Tag seiner Verwandlung an.

Ezt már az átalakulása első napjától tudta.

Er rannte zu seinem Vater und blieb stehen, als dieser stehen blieb.

Odaszaladt az apjához, és megállt, amikor az megállt.

Als er sich wieder bewegte, huschte er erneut auf ihn zu.

Amikor az újra megmozdult, ismét feléje sietett.

Der Vater hielt einen Moment inne, und Gregor tat es ihm gleich.

Az apa egy pillanatra megállt, és Gregor is.

Und sobald sich sein Vater bewegte, stürmte er wieder vorwärts.

És amint az apja megmozdult, ismét előrerohant.

Auf diese Weise gingen sie mehrmals im Kreis um den Raum.

Így aztán többször is körbejárták a szobát.

Bislang hatte noch niemand einen entscheidenden Vorteil errungen.

Döntő előnyre még senki sem tett szert.

Man konnte nicht den Eindruck einer Verfolgungsjagd gewinnen.

Nem alakulhatott ki az a benyomás, hogy üldözésről van szó.

Weil das ganze Geschehen viel zu langsam vonstatten ging.

Mert az egész esemény túl lassan zajlott.

Gregor hatte beschlossen, am Boden zu bleiben.

Gregor úgy döntött, hogy a földön marad.

Er hätte die Wände hoch und an der Decke entlanglaufen können.

Felfuthatott volna a falakon és a mennyezet mentén.

Er wollte den Vater aber nicht unnötig provozieren.
Do nem akarta feleslegesen provokálni az apát.
Eine solche Flucht hätte besonders verwerflich erscheinen können.
Egy ilyen szökés különösen gonosznak tűnhetett volna.
Gregor räumte ein, dass diese Jagd nicht mehr lange dauern könne.
Gregor elismerte, hogy ez az üldözés nem tarthat sokáig.
Jeder Schritt erforderte eine Vielzahl von Bewegungen.
Minden egyes lépést számtalan mozdulattal kellett fogadni.
Er begann bereits Atemnot zu verspüren.
Már kezdte érezni a légszomjat.
Schon vorher hatte er nie absolut zuverlässige Lungen gehabt.
Már azelőtt sem volt teljesen megbízható tüdeje.
Er taumelte dahin und sparte seine Kräfte für den Lauf.
Támolyogva haladt előre, minden erejét a futásra tartogatva.
Er war so müde, dass er die Augen kaum noch offen halten konnte.
Annyira fáradt volt, hogy alig bírta nyitva tartani a szemét.
Seine Gedanken verlangsamten sich zu sehr, um an andere Fluchtmöglichkeiten zu denken.
Gondolatai túl lelassultak ahhoz, hogy más menekülési lehetőségeken gondolkodjon.
Er hatte fast vergessen, dass ihm die Wände zur Verfügung standen.
Majdnem el is felejtette, hogy a falak a rendelkezése állnak.
Die Wände waren aber ohnehin hinter Möbeln verborgen.
De a falakat így is bútorok takarták el.
Und die Möbel wiesen zu viele Kerben und Vorsprünge auf.
És a bútorokon túl sok bevágás és kiemelkedés volt.
Und dann, direkt neben ihm, rollte ein Apfel.
És akkor, közvetlenül mellette, gurulva, ott termett egy alma.
Ihm wurde klar, dass der Apfel nach ihm geworfen worden sein musste.
Biztosan rádobták az almát, döbbent rá.

Doch er hatte keine Zeit zum Nachdenken, da kam schon der nächste Apfel.

De nem volt ideje gondolkodni, mielőtt jött egy újabb alma.

Gregor erstarrte vor Schreck über die neue Strategie seines Vaters.

Gregor megdermedt a döbbenettől az apa új stratégiája hallatán.

Er konnte durch einen Fluchtversuch nichts mehr gewinnen.

Már semmit sem ért volna a futáspróbálkozással.

Der Vater hatte beschlossen, ihn mit Früchten zu überhäufen.

Az apa úgy döntött, hogy gyümölccsel bombázza.

Er hatte sich die Taschen mit Obst aus der Küchenschale gefüllt.

A konyhai gyümölcstálból tömte tele a zsebeit.

Ohne besonders darauf zu zielen, warf er Apfel um Apfel.

Különösebb célzás nélkül almát szórt az egyik almára.

Diese kleinen roten Äpfel rollten auf dem Boden herum.

Ezek a kis piros almák gurultak a földön.

Wie von einem Stromschlag getroffen, stießen die Äpfel aneinander.

Mintha elektromos áram öntötte volna el őket, az almák egymásba ütődtek.

Einer der schwach geworfenen Äpfel streifte Gregors Rücken.

Az egyik gyengén elhajított alma súrolta Gregor hátát.

Zum Glück für ihn rutschte der Apfel harmlos herunter.

Szerencséjére az alma ártalmatlanul lecsúszott.

Der anschließend geworfene Apfel traf jedoch genauer.

Az utána dobott alma azonban pontosabb volt.

Und dieser Apfel blieb tief in Gregors Rücken stecken.

És ez az alma mélyen befúródott Gregor hátába.

Gregor wollte sich vor dem Schmerz davonreißen.

Gregor legszívesebben elhúzódott volna a fájdalom elől.

Vielleicht ließe sich diesem neuen, unvorstellbaren Schmerz entkommen.

Talán meg lehetne szabadulni ettől az új, hihetetlen fájdalomtól.

Vielleicht würde ein Ortswechsel seine Qualen lindern.

Talán egy helyváltoztatás enyhítené a kínját.

Aber er fühlte sich, als wäre er am Boden festgenagelt.

De úgy érezte, mintha a padlóhoz szegezték volna.

Er streckte sich aus, aber nur aufgrund seiner Verwirrung.

Kinyújtózott, de csak a zavarodottsága miatt.

Erst mit seinem letzten Blick sah er, wie sich die Tür öffnete.

Csak utolsó pillantásával látta meg az ajtó nyílását.

Die Mutter stürzte vor die schreiende Schwester hinaus.

Az anya kirohant a sikoltozó nővér elé.

Die Schwester hatte sie ausgezogen, sodass sie nur noch ihr Hemd trug.

A nővér levetkőztette, így csak ingben volt rajta.

Sie hatte in ihrer Bewusstlosigkeit Freiraum gebraucht.

Lélegzetvételre volt szüksége az eszméletlenségében.

Er sah noch, wie die Mutter auf den Vater zulief.

Még mindig látta, ahogy az anya az apa felé rohan.

Ihre Röcke rutschten einer nach dem anderen zu Boden.

Szoknyái egymás után csúsztak a földre.

Er sah, wie sie auf den Vater zuging und über ihren Rock stolperte.

Látta, ahogy a lány közeledik az apjához, és megbotlik a szoknyájában.

Sie umarmte ihn und bat darum, Gregors Leben zu verschonen.

Átölelve őt, kérte Gregor életének megkímélését.

In völliger Einheit mit seinem Körper versagte auch sein Augenlicht.

Teljes egységben testével, látása elromlott.

Teil Drei
Harmadik rész

Gregor litt über einen Monat lang unter der schweren Verletzung.

Gregor több mint egy hónapig szenvedett a súlyos sérüléstől.

Der Apfel steckte fest; niemand wagte es, ihn zu entfernen.

Az alma beágyazódott; senki sem merte eltávolítani.

Der Apfel blieb als sichtbare Erinnerung in seinem Fleisch zurück.

Az alma látható emlékeztetőül a húsában maradt.

Der Apfel diente dem Vater aber auch als Erinnerung.

De az alma emlékeztetőül is szolgált az apának.

Ihm wurde klar, dass Gregor nicht wie ein Feind behandelt werden sollte.

Rájött, hogy Gregorral nem szabad ellenségként bánni.

Im Moment mag sein Erscheinungsbild traurig und abstoßend wirken.

Jelenleg a külseje szomorú és undorító lehet.

Aber dennoch war er ein Mitglied ihrer Familie.

De ettől függetlenül továbbra is a családjuk tagja maradt.

Der Widerwille musste überwunden und toleriert werden.

A vonakodást le kellett nyelni és el kellett tűrni.

Aufgrund seiner Verletzung könnte seine Beweglichkeit für immer verloren sein.

A sérülése miatt könnyen elvesztheti mozgásképességét örökre.

Er kroch immer noch in seinem Zimmer herum, aber viel langsamer.

Még mindig mászkált a szobájában, de sokkal lassabban.

Kriechen in irgendeiner Höhe war völlig ausgeschlossen.

Semmilyen magasságban kúszás szóba sem jöhetett.

Gregor erhielt jedoch eine Form der Entschädigung.

Gregor azonban valamilyen formában kártérítést kapott.

Am Abend wurde ihm die Wohnzimmertür geöffnet.

Este kinyitották előtte a nappali ajtaját.

Und er war der Ansicht, dass diese Wiedergutmachungszahlungen vollkommen angemessen seien.

És úgy érezte, hogy ezek a jóvátételek teljesen megfelelőek.

Noch vor Einbruch der Dunkelheit begann er, die Tür zu beobachten.

Még estére elkezdte figyelni az ajtót.

Er lag in der Dunkelheit, vom Wohnzimmer aus unsichtbar.

A sötétben feküdt, láthatatlanul a nappaliból.

Er konnte die ganze Familie an dem beleuchteten Tisch sehen.

Látta az egész családot a kivilágított asztalnál.

Nun durfte er ihren Gesprächen zuhören.

Most már megengedték neki, hogy meghallgassa a beszélgetéseiket.

Dies unterschied sich deutlich von ihrer vorherigen Vereinbarung.

Ez merőben más volt, mint a korábbi megállapodásuk.

Die lebhaften Gespräche vergangener Zeiten waren verstummt.

A korábbi idők élénk beszélgetései véget értek.

Das waren die Gespräche, nach denen er sich immer gesehnt hatte.

Ezek voltak azok a beszélgetések, amelyekre régen vágyott.

Als er allein in kleinen Hotelzimmern schlief.

Amikor egyedül aludt kis hotelszobákban.

Als er sich in die feuchte Bettwäsche werfen musste.

Amikor bele kellett vetnie magát a nedves ágyneműbe.

Die Abende verliefen nun meist ruhig und ereignislos.

De az esték mostanában többnyire csendesek és eseménytelenek voltak.

Der Vater schlief nach dem Abendessen in seinem Sessel ein.

Az apa vacsora után elaludt a karosszékében.

Und Mutter und Schwester ermahnten einander zur Stille.

Az anya és a nővér pedig csendre intette egymást.

Die Mutter beugte sich weit über die Lampe und nähte
Leinen.
Az anya, messze a fény fölé hajolva, vásznat varrt.
Sie entwirft jetzt Kleider für eines der Modegeschäfte.
Most ruhákat varr az egyik divatüzletnek.
Wie Gregor hatte auch die Schwester eine Stelle als
Verkäuferin angenommen.
Gregorhoz hasonlóan a nővér is eladóként vállalt munkát.
Sie lernte abends Stenografie und Französisch.
Esténként gyorsírást és franciát tanult.
Damit sie später vielleicht eine bessere Arbeitsstelle
bekommen könnte.
Hogy később talán jobb állást kapjon.
Manchmal wachte der Vater von seinem abendlichen
Nickerchen auf.
Az apa néha felébredt az esti szunyókálásból.
"Liebling, du nähst heute schon so lange!"
"Drágám, már olyan sokáig varrtál ma!"
Er schien vergessen zu haben, dass er geschlafen hatte.
Úgy tűnt, elfelejtette, hogy aludt.
Doch er fiel sofort wieder in seinen Schlaf zurück.
De azonnal újra visszaesett az álomba.
Und Mutter und Schwester lächelten einander müde an.
Az anya és a nővér fáradtan egymásra mosolyogtak.
Der Vater hatte eine seltsame neue Sturheit entwickelt.
Az apa furcsa, újfajta makacsságot fejlesztett ki.
Selbst zu Hause weigerte er sich, seine Dieneruniform
auszuziehen.
Még otthon sem volt hajlandó levenni a szolgai egyenruháját.
Und sein Morgenmantel hing nutzlos am Kleiderbügel.
A köntöse pedig hasztalanul lógott a fogason.
So schlief der Vater, vollständig bekleidet, in seinem Sessel.
Így az apa teljesen felöltözve aludt el a karosszékében.
Es war, als ob er immer bereit wäre, seinen Dienst zu leisten.
Mintha mindig készen állt volna a szolgálatára.
Als ob er nur auf die Stimme seines Vorgesetzten gewartet
hätte.

Mintha csak a felettese hangjára várt volna.

Dies führte dazu, dass seine Uniform an Sauberkeit verlor.

Emiatt az egyenruhája elvesztette tisztaságát.

Obwohl die Uniform auch nicht neu war, als er sie bekam.

Bár az egyenruha sem volt új, amikor megkapta.

Und die Mutter tat ihr Bestes, um die Uniform zu pflegen.

Az anya pedig mindent megtett, hogy vigyázzon az egyenruhára.

Gregor verbrachte ganze Abende damit, diese Uniform anzusehen.

Gregor egész estéket töltött azzal, hogy ezt az egyenruhát nézegette.

Er beobachtete, wie der alte Mann äußerst unbequem schlief.

Nézte, ahogy az öregember igen kényelmetlenül alszik.

Doch im Schlaf bemerkte er auch etwas Friedliches.

Ám álmában valami békés dolgot is észrevett.

Als die Uhr zehn schlug, versuchte die Mutter, ihn zu wecken.

Amikor az óra tízet ütött, az anya megpróbálta felébreszteni.

Sie sprach leise und überredete ihn, ins Bett zu gehen.

Halkan beszélt, és rábeszélte, hogy feküdjön le.

Denn auf dem Sessel zu schlafen war kein richtiger Schlaf.

Mert a karosszékben alvás nem volt igazi alvás.

Er musste um sechs Uhr mit der Arbeit beginnen.

Hat órakor kellett volna elkezdenie dolgozni.

Deshalb musste er unbedingt so gut wie möglich schlafen.

Szóval tényleg a lehető legjobban kellett aludnia.

Doch er war von einer neuen Form der Sturheit ergriffen.

De egy újfajta makacsság ragadott magával.

Die Tatsache, dass er Diener geworden war, hatte begonnen, diese Wirkung auf ihn zu haben.

A szolgaság kezdett ilyen hatással lenni rá.

Deshalb bestand er immer darauf, länger am Tisch zu bleiben.

Így mindig ragaszkodott hozzá, hogy tovább maradjon az asztalnál.

Obwohl er regelmäßig wieder in seinem Sessel einschlief.

Bár rendszeresen újra elaludt a székében.

Und er ließ sich nur mit größter Mühe bewegen.

És csak a legnagyobb nehézség árán lehetett megmozdítani.

Man musste ihm erklären, dass das Bett besser für ihn wäre.

Meg kellett neki mondani, hogy az ágy jobb lesz neki.

Mutter und Schwester mussten nachdrücklich darauf bestehen, oft mit nur wenigen Vorwarnungen.

Anyának és nővérének apró figyelmeztetésekkel kellett ragaszkodniuk hozzá.

Fünfzehn Minuten lang schüttelte er nur langsam den Kopf.

Tizenöt percig csak lassan rázta a fejét.

Und er hielt die Augen geschlossen und weigerte sich aufzustehen.

És csukva tartotta a szemét, és nem volt hajlandó felkelni.

Die Mutter zupfte sanft, aber bestimmt an seinem Ärmel.

Az anya gyengéden, de határozottan megrántotta az ingujját.

Und sie flüsterte ihm schmeichelhafte Worte in seine müden Ohren.

És hízelgő szavakat suttogott fáradt fülébe.

Die Schwester unterbrach ihre Arbeit, um ihrer Mutter zu helfen.

A nővér otthagyta a feladatát, hogy segítsen az anyjának.

Doch keiner ihrer Versuche zeigte Wirkung beim Vater.

De egyik erőfeszítésük sem használt az apánál.

Er sank noch tiefer in seinen Stuhl, bereit zum Schlafen.

Még mélyebbre rogyott a székébe, készen az alvásra.

Und schließlich packten ihn die Frauen unter den Achseln.

És végül a nők megragadták a hónalja alatt.

Er öffnete die Augen und blickte sie abwechselnd an.

Kinyitotta a szemét, és felváltva nézte őket.

„Was für ein Leben!", klagte er beim Zubettgehen.

„Micsoda élet ez!" – panaszkodott lefekvés közben.

"Ist das der Frieden, der mir im Alter zuteilwurde?"

„Ez lenne az a békesség, amit öregkoromban kaptam?"

Doch dann stützte er sich auf die beiden Frauen und stand unbeholfen auf.

De aztán a két nőre támaszkodva esetlenül felállt.

Er tat so, als trüge er die schwerste Last.

Úgy tett, mintha a legnehezebb terhet cipelné.

Er ließ sich von den beiden Frauen bis ans andere Ende des Raumes führen.

Hagyta, hogy a két nő a szoba végébe vezesse.

Dort wünschte er ihnen eine gute Nacht und ging dann allein weiter.

Ott jó éjszakát kívánt nekik, majd továbbment egyedül.

Doch die Mutter warf hastig ihr Nähzeug hin.

De az anya sietve elhajította a varrókészletét.

Und auch die Schwester legte den Stift und den Notizblock beiseite.

És a húg is letette a tollat és a jegyzettömböt.

Und sie liefen hinter dem Vater her, um ihm weiter zu helfen.

És az apa mögé futottak, hogy tovább segítsenek neki.

Wer in dieser überarbeiteten Familie hatte schon Zeit für Gregor?

Kinek volt ideje Gregorra ebben a túlterhelt családban?

Wer hätte ihm mehr Aufmerksamkeit schenken können als nötig?

Ki szentelhetett volna neki több figyelmet a kelleténél?

Das Haushaltsbudget wurde zunehmend eingeschränkt.

A háztartási költségvetés egyre szűkebbé vált.

Um Geld zu sparen, mussten sie schließlich das Dienstmädchen entlassen.

Végül, hogy pénzt takarítsanak meg, el kellett bocsátaniuk a szobalányt.

Sie wurde durch eine stämmige, weißhaarige Frau ersetzt.

Egy vastag csontú, ősz hajú nő váltotta.

Diese Frau kam jedoch nur morgens und abends.

De ez a nő csak reggel és este jött.

Und die schwerste und härteste Arbeit wurde ihr aufgehoben.

És a legnehezebb és legkeményebb munkát is neki szánták.

Alle anderen Hausarbeiten wurden von der Mutter erledigt.

Minden más házimunkát az anya végzett.
**Es kam sogar vor, dass verschiedene
Familienschmuckstücke verkauft wurden.**
Még az is előfordult, hogy különféle családi ékszereket adtak
el.
**Schmuck, den die Frauen bei Feierlichkeiten mit Freude
getragen hatten.**
Az ékszereket, amelyeket a nők boldogan viseltek az
ünnepségek alatt.
Gregor erfuhr dies in einer der allgemeinen Diskussionen.
Gregor ezt az egyik általános beszélgetésből tudta meg.
Die größte Beschwerde betraf jedoch etwas anderes.
A legnagyobb panasz azonban valami más volt.
**Die Wohnung war zu groß, aber sie konnten nicht
ausziehen.**
A lakás túl nagy volt, de nem tudtak kiköltözni.
Es gab keine Möglichkeit, Gregor umzusiedeln.
Lehetetlen volt, hogy Gregort áthelyezzék.
**Gregor erkannte jedoch, dass es nicht nur um
Rücksichtnahme ging.**
De Gregor rájött, hogy nem csak a megfontolásról van szó.
Etwas anderes hielt sie davon ab, woanders hinzuziehen.
Valami más megakadályozta őket abban, hogy máshová
költözzenek.
**Er hätte problemlos in einer geeigneten Kiste transportiert
werden können.**
Megfelelő dobozban könnyen szállítható lett volna.
Ihre Gefühle völliger Hoffnungslosigkeit hielten sie zurück.
A teljes reménytelenség érzése visszatartotta őket.
**Sie wollten sich nicht eingestehen, dass sie vom Unglück
getroffen worden waren.**
Nem akarták beismerni, hogy balszerencse érte őket.
**Was die Welt von armen Menschen verlangt, das haben sie
erfüllt.**
Amit a világ a szegény emberektől követel, azt ők teljesítették.
**Der Vater holte dem kleinen Bankangestellten das
Frühstück.**

Az apa reggelit hozott a kis banktisztviselőnek.

Die Mutter opferte sich für die Wäsche von Fremden auf.

Az anya feláldozta magát idegenek mosott ruhájáért.

Die Schwester rannte hin und her, um die Bestellungen der Kunden aufzunehmen.

A nővér ide-oda rohangált a vevők rendeléseiért.

Aber sie hatten einfach nicht mehr die Kraft, irgendetwas weiter zu tun.

De egyszerűen nem volt erejük többet tenni.

Die Wunde in Gregors Rücken schmerzte nun noch mehr.

Gregor hátán a seb még jobban fájni kezdett.

Jeden Abend brachten Mutter und Schwester den Vater ins Bett.

Minden este anya és nővére ágyba vitték az apát.

Sie ließen ihre Arbeit liegen und setzten sich zusammen.

Ott hagyták a munkájukat, ahol volt, és együtt ültek.

Und sie rückten näher zusammen und saßen Wange an Wange.

És közelebb húzódtak egymáshoz, és arccal arcnak ültek.

Die Mutter zeigte auf das Zimmer, von dem aus er zusah.

Az anya arra a szobára mutatott, ahonnan a fiú figyelte.

"Würdest du die Tür schließen?", fragte sie die Schwester.

„Becsuknád az ajtót?" – kérdezte a nővértől.

Und dann war Gregor wieder allein in der Dunkelheit.

És akkor Gregor ismét egyedül maradt a sötétben.

Und im Nebenzimmer vermischten die Frauen ihre Tränen.

A szomszéd szobában pedig a nő könnyeket hullatott.

Oder sie saßen mit trockenen Augen da und starrten einfach nur auf den Tisch.

Vagy száraz szemmel ültek, és csak az asztalt bámulták.

Gregor schlief kaum, weder nachts noch tagsüber.

Gregor alig aludt valamit, sem éjjel, sem nappal.

Er dachte oft darüber nach, wie er der Familie helfen könnte.

Gyakran gondolt arra, hogyan segíthetne a családon.

Er dachte darüber nach, das Geld wieder für sie zu verdienen.

Arra gondolt, hogy újra megkeresi nekik a pénzt.

Er dachte darüber nach, das zu tun, was er früher für sie
getan hatte.
Arra gondolt, hogy megteszi értük azt, amit régen szokott.
In seinen Gedanken erschien der Bevollmächtigte wieder.
Gondolataiban visszatért a meghatalmazott képviselő.
Und dieses Mal kam auch der Chef in die Wohnung.
És ezúttal a főnök is bejött a lakásba.
Und die Angestellten und die Lehrlinge waren auch da.
És a hivatalnokok és a tanoncok is ott voltak.
Sogar der etwas begriffsstutzige Büroangestellte kam, um
ihn zu sehen.
Még a lassú észjárású irodai szolgáló is meglátogatta.
Es waren zwei oder drei Freunde aus anderen Branchen
dabei.
Volt két-három barátom más vállalkozásokból.
Eine der Zimmermädchen aus einem Hotel in der Provinz.
Egy vidéki szálloda egyik szobalánya.
Eine kostbare und flüchtige Erinnerung, an der er
festzuhalten versuchte.
Egy kedves és múlandó emlék, amihez próbált ragaszkodni.
Eine Kassiererin aus einem Hutgeschäft, für die er
Absichten hatte.
Egy kalapbolt pénztárosa, akivel kapcsolatban szándékai
voltak.
Doch er war etwas zu langsam gewesen, um ihre
Zustimmung zu gewinnen.
De egy kicsit túl lassú volt ahhoz, hogy elnyerje a tetszését.
Sie alle tauchten in seinen Gedanken auf, vermischt mit
Fremden.
Mindannyian megjelentek a gondolataiban, idegenekkel
keveredve.
Und andere erschienen nicht; sie waren bereits vergessen.
És mások nem jelentek meg; már elfeledkeztek róluk.
Aber sie halfen weder ihm noch seiner Familie.
De nem segítettek neki, és a családnak sem.
Sie waren unzugänglich, und er war froh, als sie weg waren.
Elérhetetlenek voltak, és örült, amikor eltűntek.

Er war nicht immer in der Stimmung, sich Sorgen um die Familie zu machen.

Nem mindig volt kedve aggódni a család miatt.

Und er war voller Wut über die mangelnde Aufmerksamkeit.

És düh töltötte el a figyelem hiánya miatt.

Und er konnte sich nichts vorstellen, worauf er Appetit hätte.

És el sem tudott képzelni semmi olyat, amihez étvágya lett volna.

Doch er schmiedete trotzdem Pläne, in die Speisekammer einzubrechen.

De azért terveket szőtt a kamra betörésére.

Und er würde sich alles nehmen, was ihm zustand.

És mindent el akart venni, amit megérdemelt.

Die Schwester bemühte sich nicht mehr besonders um ihn.

A nővér már nem tett különösebb erőfeszítéseket érte.

Sie verschwendete keine Zeit mehr damit, darüber nachzudenken, wie sie ihm gefallen könnte.

Már nem gondolt arra, hogy örömet szerezzen neki.

Vor der Arbeit schob sie schnell etwas zu essen ins Zimmer.

Munka előtt gyorsan betolt valami ételt a szobába.

Und am Abend kehrte sie die Essensreste schnell wieder zusammen.

És este gyorsan újra felsöpörte az ételt.

Ob er gegessen hatte oder nicht, bemerkte sie nicht mehr.

Hogy evett-e vagy sem, már nem vette észre.

In den meisten Fällen blieb das Essen nun unberührt.

Mostanában az étel többnyire érintetlenül maradt.

Abends huschte sie immer noch schnell durch den Raum.

Este még mindig gyorsan végigsöpört a szobán.

Doch nun tat sie nur das Nötigste, und zwar so schnell wie möglich.

De most a legszükségesebbet tette, a lehető leggyorsabban.

An den Mauern zogen sich Spuren von Schmutz entlang.

A falakon koszcsíkok húzódtak.

Auf dem Boden lagen Staub- und Müllklumpen.

Por- és szemétgolyók hevertek a padlón.

Gregor missbilligte ihre Nachlässigkeit.

Gregor rosszallását fejezte ki a nő gondatlansága miatt.

Er drehte sich in einem besonders markanten Winkel.

Különösen jelentős szögben fordult el.

Aber er hätte wochenlang in dieser Position bleiben können.

De hetekig is maradhatott volna ebben a pozícióban.

Seine Schwester hätte seine Unzufriedenheit nicht bemerkt.

A húga észre sem vette volna az elégedetlenségét.

Sie sah den Dreck genauso gut wie er, wenn nicht sogar besser.

Éppoly jól látta a földet, mint a férfi, ha nem jobban.

Aber sie hatte beschlossen, den Dreck dort zu lassen, wo er war.

De úgy döntött, ott hagyja a földet, ahol van.

Damals entwickelte sie eine völlig neue Sensibilität.

Abban az időben teljesen új érzékenységet sajátított el.

Sie hatte es sich zur Aufgabe gemacht, Gregors Zimmer zu reinigen.

Gregor szobájának takarítását a saját felelősségévé tette.

Die Familie war von ihrer freundlichen Rücksichtnahme sehr berührt.

A családot meghatotta a kedves figyelmessége.

Einst hatte die Mutter sein Zimmer gründlich gereinigt.

Egyszer az anya alaposan kitakarította a szobáját.

Erst nachdem sie mehrere Eimer Wasser verbraucht hatte, gelang es ihr.

Csak néhány vödör víz felhasználása után sikerült neki.

Die neu aufgetretene Feuchtigkeit im Zimmer schadete Gregor jedoch.

A szobában lévő új nedvesség azonban ártott Gregornak.

Und er lag breitbeinig, verbittert und regungslos auf dem Sofa.

És szélesen, keserűen és mozdulatlanul feküdt a kanapén.

Doch das war nur ihre erste Strafe für ihre Hilfeleistung.

De ez csak az első büntetése volt a segítségnyújtásért.

Die Schwester bemerkte schnell die Veränderung in Gregors Zimmer.

A nővér gyorsan észrevette a változást Gregor szobájában.

Und sie rannte, zutiefst beleidigt, ins Wohnzimmer.

És berohant a nappaliba, rendkívül sértődötten.

Ihre Mutter hob die Hände und versuchte, sie zu beschwören.

Az anyja felemelte a kezét, és könyörögni próbált neki.

Doch trotz einer aufrichtigen Erklärung brach sie in Tränen aus.

De az őszinte magyarázat ellenére sírva fakadt.

Der Vater erschrak natürlich und fuhr aus seinem Stuhl hoch.

Az apa természetesen megriadva pattant fel a székéből.

Und die beiden Eltern schauten fassungslos und hilflos zu.

A két szülő pedig döbbenten és tehetetlenül nézte.

Und schließlich gerieten auch ihre Gefühle in Aufruhr.

És végül az érzelmeik is feszültté váltak.

Der Vater warf der Mutter vor, was sie getan hatte.

Az apa szemrehányást tett az anyának a tetteiért.

"Du hättest das Zimmer Grete zum Putzen überlassen sollen."

„Ki kellett volna hagynod a szobát, hogy Grete takaríthasson."

Grete schrie die Mutter an, weil sie sein Zimmer aufgeräumt hatte.

Grete ráordított az anyjára, amiért kitakarította a szobáját.

„Du darfst sein Zimmer nie wieder putzen!"

"Soha többé nem takaríthatod ki a szobáját!"

Die Mutter versuchte, den Vater ins Schlafzimmer zu zerren.

Az anya megpróbálta berángatni az apát a hálószobába.

Die Schwester blieb zitternd und schluchzend im Zimmer zurück.

A nővért remegve és zokogás közben hagyták a szobában.

Und sie hämmerte mit ihren kleinen Fäustchen auf den Tisch.

És kis ökleivel az asztalra csapott.

Und Gregor zischte sie alle lautstark vor Wut an.

Gregor pedig hangosan sziszegett dühében mindannyiukra.
Warum war niemand auf die Idee gekommen, ihm die Tür zu schließen?
Miért nem jutott senkinek eszébe becsukni előtte az ajtót?
Sie hätten ihm diesen Anblick und Lärm ersparen können.
Megkímélhették volna ettől a látványtól és zajtól.
Die Schwester war erschöpft, als sie von der Arbeit nach Hause kam.
A nővér kimerült volt, miután hazaért a munkából.
Und die Betreuung von Gregor bedeutete für sie noch mehr Arbeit.
Gregorról való gondoskodás pedig még több munkát jelentett számára.
Das bedeutete aber nicht, dass die Mutter es hätte tun sollen.
De ez nem jelentette azt, hogy az anyának kellett volna megtennie.
Gregor hingegen sollte nicht vernachlässigt werden.
Gregort viszont nem szabad elhanyagolni.
Aber jetzt hatten sie ein neues Dienstmädchen, das solche Dinge tun konnte.
De most volt egy új szobalányuk, aki ilyesmit meg tudott csinálni.
Eine ältere Witwe mit kräftigem Knochenbau.
Egy idős özvegy, akinek robusztus csontozata volt.
Eine Statur, die ihr half, ihr schwieriges Leben zu überstehen.
Egy olyan kisugárzás, ami segített neki túlélni a nehéz életet.
Sie hatte keine wirkliche Abneigung gegen Gregors Erscheinung.
Nem igazán ellenszenvvel viseltetett Gregor külseje iránt.
Sie hatte versehentlich die Tür zu Gregors Zimmer geöffnet.
Véletlenül kinyitotta Gregor szobájának ajtaját.
Es geschah nicht aus besonderer Neugierde bezüglich des Zimmers.
Nem a szoba iránti különösebb kíváncsiságból fakadt.
Sie tat lediglich ihre Arbeit und öffnete dabei zufällig die Tür.

Csak a dolgát végezte, és véletlenül kinyitotta az ajtót.

Gregor war natürlich völlig überrascht von ihr.

Gregort természetesen teljesen meglepte a lány.

Er wurde nicht verfolgt, aber er rannte hin und her.

Nem üldözték, de ide-oda szaladgált.

Und sie verschränkte einfach die Arme und sah ihm beim Krabbeln zu.

És csak keresztbe fonta a karját, és nézte, ahogy mászik.

Seitdem hat sie ihm immer einen Spaltbreit die Tür geöffnet.

Azóta mindig kinyitotta neki egy kicsit az ajtót.

Eines Morgens schaute sie nach ihm, um zu sehen, wie es ihm ging.

Egyszer reggel benézett, hogy megnézze, hogy van.

Und am Abend sah sie nach ihm, bevor sie ging.

És este, mielőtt elment, megnézte, hogy van-e.

Zuerst versuchte sie auch, ihn zu sich zu rufen.

Először megpróbálta őt is hívni, hogy jöjjön el hozzá.

„Komm her, du alter Mistkäfer!", pflegte sie zu sagen.

„Gyere ide, vén ganajtúró bogár!" – szokta mondogatni.

Oder sie sagte freundlich: „Schau dir den alten Mistkäfer an!"

Vagy azt mondta barátságosan: „Nézd csak a vén ganajtúró bogarat!".

Gregor reagierte nie darauf, wenn man so mit ihm sprach.

Gregor soha nem reagált, ha így beszéltek vele.

Er blieb stehen, ohne sich zu rühren, und ignorierte sie.

Ott maradt, mozdulatlanul, és tudomást sem vett róla.

„Wenn man ihr doch nur gesagt hätte, wie man ihre Arbeit richtig macht."

„Bárcsak megmondták volna neki, hogyan kell rendesen elvégezni a munkáját."

„Anstatt mich zu belästigen, sollte sie lieber mein Zimmer aufräumen."

„Ahelyett, hogy zavarna, inkább takarítsa ki a szobámat."

Eines Morgens prasselte ein heftiger Regenguss gegen die Fenster.

Egyszer kora reggel heves eső csapódott az ablakoknak.
Vielleicht war der Regen bereits ein Zeichen für den kommenden Frühling.
Talán az eső már a közeledő tavasz előjele volt.
Das Dienstmädchen begann wieder auf diese Weise mit ihm zu sprechen.
A szobalány megint így kezdett beszélni hozzá.
Gregor war so verbittert, dass er sich umdrehte und ihr ins Gesicht sah.
Gregor annyira elkeseredett volt, hogy szembefordult a nővel.
Er war langsam und gebrechlich, aber es war eine Art Angriff.
Lassú és gyenge volt, de ez egyfajta támadás volt.
Das Dienstmädchen hingegen hatte überhaupt keine Angst vor Gregor.
A szobalány azonban egyáltalán nem félt Gregortól.
Stattdessen hob sie einen Stuhl hoch, der in der Nähe der Tür stand.
Ehelyett felemelt egy széket, ami az ajtó közelében volt.
Und sie stand da, ganz ruhig, mit weit geöffnetem Mund.
És ott állt, nyugodtan, tátott szájjal.
Ihre Absichten waren klar, das konnte sogar Gregor erkennen.
A szándékai világosak voltak, ezt még Gregor is látta.
Und er drehte sich langsam um und kehrte zu seinem ursprünglichen Platz zurück.
És lassan visszafordult, visszavette eredeti helyét.
"Sie wollen also nicht näher kommen, oder?"
– Szóval akkor nem akarsz közelebb jönni, ugye?
Und sie stellte den Stuhl leise wieder in die Ecke.
És csendben visszatette a széket a sarokba.

Gregor aß kaum noch etwas.
Gregor már alig evett valamit.
Manchmal blieb er bei seinen Rundgängen im Zimmer stehen.
Néha, miközben a szobában sétált, megállt.

Und er befand sich neben dem für ihn zubereiteten Essen.

És ott találta magát a neki elkészített étel mellett.

Er steckte sich das Essen in den Mund, aber nur, um damit zu spielen.

A szájába vette az ételt, de csak azért, hogy játsszon vele.

Und nicht selten spuckte er es nach ein paar Stunden wieder aus.

És elég gyakran néhány óra múlva újra kiköpte.

Er versuchte, einen Grund für seinen Appetitverlust zu finden.

Megpróbált okot találni az étvágytalanságára.

Vielleicht, weil er mit dem Zustand seines Zimmers unzufrieden war.

Talán azért, mert szomorú volt a szobája állapota miatt.

Aber er hatte sich mit den Veränderungen im Raum abgefunden.

De már megbékélt a szobában bekövetkezett változásokkal.

In letzter Zeit hatte sich sein Zimmer in eine Art Abstellraum verwandelt.

Az utóbbi időben a szobája egyfajta raktárként szolgált.

Sie hatten sich angewöhnt, Dinge dort liegen zu lassen.

Szokásukká vált, hogy ott hagyják a dolgaikat.

Und nun lagen noch viele solcher Dinge in seinem Zimmer.

És most már sok ehhez hasonló dolog maradt a szobájában.

Weil ein Zimmer der Wohnung vermietet worden war.

Mivel a lakás egyik szobáját kiadták.

Drei ernsthafte Herren mieteten das Zimmer gemeinsam.

Három komoly úriember bérelte együtt a szobát.

Gregor hat sie einmal durch einen Türspalt erblickt.

Gregor egyszer csak észrevette őket az ajtó repedésén keresztül.

Sie trugen Vollbärte und waren penibel gekleidet.

Teljes szakálluk volt, és gondosan voltak öltözve.

Sie achteten penibel darauf, dass alles ordentlich blieb.

Gondosan ügyeltek arra, hogy minden rendben legyen.

Ihr Hang zur Ordnung beschränkte sich nicht nur auf ihr Zimmer.

A rend iránti ragaszkodásuk nem állt meg a szobájuknál.

Die gesamte Wohnung musste tadellos sauber gehalten werden.

Az egész lakást tökéletesen tisztán kellett tartani.

Sie legten sogar noch mehr Wert auf das Aussehen der Küche.

Még jobban odafigyeltek a konyha kinézetére.

Und unnötigen Unrat konnten sie nicht dulden.

És nem tűrhettek el semmilyen felesleges rendetlenséget.

Sie hatten auch ihre eigenen Möbel mitgebracht.

Magukkal hozták a saját bútoraikat is.

Aus diesem Grund waren viele Dinge überflüssig geworden.

Emiatt sok minden feleslegessé vált.

Das waren Dinge, für die niemand Geld bezahlen würde.

Olyan dolgok voltak ezek, amikért senki sem fizetne pénzt.

Die Familie wollte diese Dinge aber auch nicht wegwerfen.

De a család ezeket a dolgokat sem akarta eldobni.

All diese Dinge landeten irgendwo in Gregors Zimmer.

Mindezek a dolgok valahova Gregor szobájába kerültek.

Der Aschenbecher aus der Küche stand nun in seinem Zimmer.

A konyhából származó hamuládát most a szobájában tartotta.

Und der Müll wurde bis zum Abholtag in seinem Zimmer aufbewahrt.

És a szemetet a szobájában tartották a szemétszállítás napjáig.

Das Dienstmädchen warf alles, was sie nicht brauchte, in sein Zimmer.

A szobalány mindent bedobált a szobájába, amire nem volt szüksége.

Zum Glück sah er nichts weiter als die Hand und den Gegenstand.

Szerencsére nem látott többet a kéznél és a tárgynál.

Sie hatte wahrscheinlich vor, die Sachen später abzuholen.

Valószínűleg később akart visszajönni a holmikért.

Oder vielleicht wollte sie einfach alles auf einmal wegwerfen.

Vagy talán egyszerre akart mindent eldobni.

Doch alles blieb dort, wo es ursprünglich gelandet war.

Azonban minden ott maradt, ahol először volt.

Es sei denn, Gregor bewegte den Schrott, indem er sich hindurchzwängte.

Hacsak Gregor nem mozdította el a kacatokat úgy, hogy átfurakodott rajta.

Zuerst musste er sich durch den ganzen Schrott hindurchkriechen.

Először kénytelen volt átmászni az összes szemetén.

Es gab für ihn keine Möglichkeit, dies zu vermeiden.

Nem volt lehetősége elkerülni ezt.

Später fand er jedoch tatsächlich Freude an dieser Tätigkeit.

De később igazán örömét lelte ebben a tevékenységben.

Diese Anstrengung hinterließ ihn jedoch traurig und zutiefst erschöpft.

Bár az ilyen erőfeszítések elszomorították és mélyen elfárasztották.

Und danach war er viele Stunden lang bewegungsunfähig.

És utána órákig képtelen volt mozdulni.

Die Untermieter aßen manchmal im Wohnzimmer.

A lakók néha a nappaliban étkeztek.

Die Wohnzimmertür blieb an diesen Abenden geschlossen.

A nappali ajtaja zárva maradt azokon az estéken.

Gregor hatte aber keine Schwierigkeiten, die Tür jetzt nicht zu öffnen.

De Gregornak most már nem okozott nehézséget, hogy ne nyissa ki az ajtót.

Selbst wenn die Tür offen war, schaute er nicht immer hinaus.

Még akkor sem nézett ki mindig, amikor nyitva volt az ajtó.

Doch er legte sich in die dunkelste Ecke des Zimmers.

De a szoba legsötétebb sarkába vetette magát.

Auch der Familie fiel seine mangelnde Aufmerksamkeit nicht auf.

A család sem vette észre a figyelmetlenségét.

Doch einmal ließ das Dienstmädchen die Tür offen.

De egyszer előfordult, hogy a szobalány nyitva hagyta az ajtót.
Die Tür blieb auch dann offen, als die Mieter zurückkehrten.
Az ajtó még akkor is nyitva maradt, amikor a lakók visszatértek.
Und die Tür war offen, als das Licht eingeschaltet wurde.
És az ajtó nyitva volt, amikor felkapcsolták a villanyt.
Der Mann saß an dem Tisch, an dem die Familie zu Abend aß.
A férfi leült az asztalhoz, ahol a család vacsorázott.
Vater, Mutter und Gregor saßen dort in früheren Zeiten.
Apa, anya és Gregor ültek ott régebben.
Sie entfalteten die Servietten und nahmen Messer und Gabeln.
Kihajtogatták a szalvétákat, és fogtak késeket és villákat.
Die Mutter erschien mit einer Schüssel Fleisch in der Tür.
Az anya egy tál hússal kezében megjelent az ajtóban.
Dann kam die Schwester mit einer Schüssel voller Kartoffeln herein.
Aztán bejött a nővér egy tál krumplival.
Die Untermieter beugten sich über die vor ihnen aufgestellten Schüsseln.
A szállásolók az eléjük helyezett tálak fölé hajoltak.
Der dichte Rauch des Essens stieg ihnen bis in die Nasen.
Az étel nehéz füstje az orrukig szállt.
Aber sie hatten noch nicht entschieden, ob sie das Essen essen würden.
De még nem döntötték el, hogy megeszik-e az ételt.
Vielleicht würden sie das Essen zurück in die Küche schicken.
Talán visszaküldik az ételt a konyhába.
Der Mann in der Mitte schien die Autoritätsperson zu sein.
A középen ülő férfi látszólag a tekintély volt.
Er schnitt das Fleisch an, um festzustellen, ob es zart genug war.
Felvágta a húst, hogy megállapítsa, elég puha-e.
Er war zufrieden mit dem Geruch und Aussehen des Essens.

Elégedett volt az étel illatával és kinézetével.

Die Mutter und die Schwester hatten sie ängstlich beobachtet.

Az anya és a nővér aggódva figyelték őket.

Und sie begannen zu lächeln, begleitet von einem Seufzer der aufgestauten Erleichterung.

És felgyülemlett megkönnyebbüléssel sóhajtottak mosolyogva.

Die Familie selbst wollte in der Küche essen.

A család maga a konyhában készült enni.

Doch zuerst ging der Vater nach den Untermietern sehen.

De először az apa elment megnézni a lakókat.

Er verbeugte sich einmal und hielt dabei seine Arbeitsmütze in der Hand.

Meghajolt egyszer, kezében a munkából kapott sapkáját tartva.

Und er ging einmal im Kreis um den Tisch herum, zu jedem Gast.

És körbejárta az asztalt, minden vendéghez

Die Untermieter standen alle auf und murmelten in ihre Bärte.

A lakók mind felálltak, és a szakállukba motyogtak.

Nachdem er gegangen war, aßen sie in fast völliger Stille.

Miután elment, szinte teljes csendben ettek.

Gregor fand es seltsam, dass er Kaugeräusche hörte.

Gregornak furcsának tűnt, hogy rágást hall.

Kein anderer Aspekt des Essens schien Geräusche zu verursachen.

Az evésnek semmi más aspektusa nem tűnt hangtalannak.

Aber er konnte deutlich hören, wie Zähne aufeinander knirschten.

De tisztán hallotta a fogcsikorgatást.

Sie schienen ihm sagen zu wollen, dass er Zähne zum Essen brauche.

Mintha azt mondták volna neki, hogy fogakra van szüksége az evéshez.

"Ohne Zähne im Kiefer kann man gar nichts machen."

"Semmit sem tehetsz, ha fogatlan az állkapcsod."

„Ich möchte etwas essen", sagte Gregor ängstlich.

– Szeretnék enni valamit – mondta Gregor aggódva.

„Aber ich habe keinen Appetit auf das, was ihr alle esst."

„De semmi étvágyam ahhoz, amit ti mindannyian esztek."

„Seht euch an, wie diese Mieter essen, und ich verhungere hier."

„Nézd, ezek a lakók esznek, én meg itt halok éhen."

Gregor dachte an diesem Abend zufällig an die Geige.

Gregornak aznap este történetesen a hegedű jutott eszébe.

Er hatte die Geige seit der Verwandlung nicht mehr gehört.

Az átalakulás óta nem hallotta a hegedűt.

Doch dann, an diesem Abend, ertönte ein Geräusch aus der Küche.

De aztán, ezen az estén, egy hang hallatszott a konyhából.

Die Herren hatten ihr Abendessen bereits beendet.

Az urak már befejezték a vacsorájukat.

Der mittlere Herr hatte begonnen, eine Zeitung zu lesen.

A középső úr újságot kezdett olvasni.

Den beiden anderen Herren hatte er jeweils ein Blatt gegeben.

A másik két úriembernek adott egy-egy lepedőt.

Und nun lehnten sie sich zurück, lasen und rauchten.

És most hátradőltek, olvastak és dohányoztak.

Als die Geige zu spielen begann, wurden sie aufmerksam.

Amikor a hegedű megszólalt, figyelmesek lettek.

Sie standen auf und gingen auf Zehenspitzen zur Tür des Vorzimmers.

Felálltak, és lábujjhegyen az előszoba ajtajához sétáltak.

Hier standen sie eng beieinander und lauschten an der Tür.

Itt álltak egymáshoz bújva, és az ajtóban hallgatóztak.

Die Familie muss die Männer aus der Küche gehört haben.

A családnak biztosan hallotta a férfiakat a konyhából.

Denn der Vater rief sie und fragte sie:

Mert az apa odakiáltott nekik, és megkérdezte tőlük;

"Ist die Geige für die Herren vielleicht unbequem?"

„Talán kényelmetlen az uraknak a hegedű?"

„Wenn Ihnen die Musik nicht gefällt, können wir sofort aufhören."

"Ha nem tetszik a zene, azonnal abbahagyhatjuk."

„Im Gegenteil", sagte der mittlere der beiden Herren.

– Épp ellenkezőleg – mondta az urak közül a középső.

Möchte die junge Dame in unserem Zimmer Geige spielen?

„Szeretne a kisasszony hegedülni a szobánkban?"

„Hier ist es definitiv viel komfortabler und gemütlicher."

„Határozottan sokkal kényelmesebb és otthonosabb itt."

Der Vater antwortete, als wäre er selbst der Geiger.

Az apa úgy válaszolt, mintha ő maga lenne a hegedűs.

"Oh bitte, das wäre wunderbar", rief der Vater.

– Ó, kérlek, az csodálatos lenne! – kiáltotta az apa.

Die Herren kehrten ins Wohnzimmer zurück und warteten.

Az urak visszatértek a nappaliba és vártak.

Bald darauf kam der Vater mit dem Notenständer ins Zimmer.

Hamarosan bejött az apa a szobába a kottatartóval.

Die Mutter kam mit dem Notenbuch ins Zimmer.

Az anya bejött a szobába a kottával.

Und die Schwester kam mit der Geige ins Zimmer.

És a nővér bejött a szobába a hegedűvel.

Sie bereitete in aller Ruhe alles vor, um Geige zu spielen.

Nyugodtan mindent előkészített a hegedüléshez.

Die Eltern übertrieben ihre Höflichkeit und ihr Benehmen.

A szülők eltúlozták az udvariasságukat és a modorukat.

Sie hatten zuvor noch nie Zimmer an Untermieter vermietet.

Korábban soha nem adtak bérbe szobákat albérlőknek.

Und sie trauten sich nicht einmal, auf ihren eigenen Stühlen zu sitzen.

És még a saját székükre sem mertek leülni.

Statt sich hinzusetzen, lehnte sich der Vater gegen die Tür.

Ahelyett, hogy leült volna, az apa az ajtónak támaszkodott.

Seine rechte Hand befand sich zwischen zwei Knöpfen seines Mantels.

Jobb keze a kabátja két gombja között volt.

Der Mutter wurde jedoch von einem Herrn ein Stuhl
angeboten.
Az anyának azonban egy úriember széket kínált.
Aber sie setzte sich an die Stelle, wo der Herr den Stuhl
hingestellt hatte.
De oda ült, ahová az úriember a széket tette.
Und er hatte den Stuhl nicht an einem bestimmten Ort
aufgestellt.
És a széket nem helyezte el sehol konkrétan.
So saß die Mutter abseits von allen anderen in einer Ecke.
Így az anya mindenkitől elkülönítve, egy sarokban ült.
Und schließlich begann die Schwester Geige zu spielen.
És végül a nővér hegedülni kezdett.
Die Eltern auf den gegenüberliegenden Seiten beobachteten
das Geschehen aufmerksam.
A szülők, akik az ellenkező oldalon ültök, feszült figyelemmel
figyelték az eseményeket.
Und sie beobachteten jede Bewegung ihrer Hand genau.
És gondosan figyelték a keze minden mozdulatát.
Gregor war auch vom Geigenspiel fasziniert.
Gregort a hegedűjáték is vonzotta.
Und er wagte sich ein Stück weiter aus seinem Zimmer
hinaus.
És egy kicsit arrébb merészkedett ki a szobájából.
Er hatte den Kopf schon im Wohnzimmer.
Már bent volt a nappaliban a fejével.
Er war stets sehr stolz darauf, besonders rücksichtsvoll zu
sein.
Régen nagyon büszke volt arra, hogy nagyon figyelmes volt.
Doch in letzter Zeit hinterfragte er seine Nachlässigkeit
kaum noch.
De a közelmúltban alig kérdőjelezte meg a gondatlanságát.
Auch wenn er jetzt mehr Grund hatte, sich zu verstecken als
zuvor.
Annak ellenére, hogy most több oka volt a bujkálásra, mint
korábban.

Weil sein Zimmer mit Staub und allerlei Schmutz bedeckt war.

Mert a szobája tele volt porral és különféle kosszal.

Die geringste Bewegung wirbelte allerlei Schmutz auf.

A legkisebb mozgás mindenféle mocskot kavart fel.

Der ganze Dreck klebte an ihm: Staub, Haare, Essensreste.

Minden kosz ráragadt; por, haj, ételmaradékok.

Er hätte den Schmutz am Teppich abreiben können.

Ledörzsölhette volna a koszt a szőnyegről.

Das tat er mehrmals täglich.

Ezt naponta többször is megtette.

Doch seine Gleichgültigkeit gegenüber allem war viel zu groß.

De a közönye minden iránt túl nagy volt.

Deshalb hatte er keine Angst, noch ein Stück weiterzugehen.

Így hát nem félt egy kicsit előrébb lépni.

Und er betrat den makellosen Wohnzimmerboden.

És a nappali makulátlan padlójára lépett.

Doch niemand bemerkte ihn oder schenkte ihm Beachtung.

Azonban senki sem figyelt rá, senki sem figyelt rá.

Die Familie war völlig in das Konzert vertieft.

A család teljesen elmerült a koncertben.

Die Herren hingegen zogen sich zunächst zurück.

Az urak viszont kezdetben visszavonultak.

Und sie standen dicht hinter dem Notenständer der Schwester.

És szorosan a nővér kottaállványa mögött álltak.

Wenn sie hingesehen hätten, hätten sie die Noten sehen können.

Ha odanéztek volna, láthatták volna a kottajegyeket.

Dies hätte die Schwester natürlich beunruhigt.

Ez természetesen zavarta volna a nővért.

Dann blieben sie am Fenster stehen, anstatt sich hinzusetzen.

Aztán az ablaknál álltak, ahelyett, hogy leültek volna.

Mit den Händen in den Taschen redeten sie weiter.

Zsebre dugott kézzel folytatták a beszélgetést.

Sie blieben dort, während der Vater ängstlich zusah.

Ott maradtak, miközben az apa aggódva figyelte őket.

Man hatte den Eindruck, dass sie andere Erwartungen hatten.

Az volt az érzésünk, hogy mások az elvárásaik.

Und es schien wirklich so, als wären sie enttäuscht gewesen.

És tényleg úgy tűnt, mintha csalódtak volna.

Es schien, als hätten sie genug von der Vorstellung.

Úgy tűnt, elegük van a teljesítményből.

Sie hatten zugelassen, dass die Geige ihren Frieden störte.

Hagyták, hogy a hegedű megzavarja a nyugalmukat.

Und sie tolerierten die Musik nur aus Höflichkeit.

És csak udvariasságból tűrték a zenét.

Besonders beunruhigend war, wie sie den Rauch wegbliesen.

Különösen nyugtalanító volt, ahogy elfújták a füstöt.

Und dennoch spielte sie so wunderschön Geige.

És mégis olyan szépen hegedült.

Ihr Gesicht war leicht zur Seite geneigt, auf der Geige.

Arca finoman oldalra billent, a hegedűn.

Ihr Blick wanderte traurig die Notenlinien entlang.

Szomorúan fürkészte a kotta vonalát.

Gregor fühlte sich ein wenig mehr ins Wohnzimmer hineingezogen.

Gregor úgy érezte, mintha még jobban behúzná a nappali.

Er hielt den Kopf dicht am Boden, blickte aber nach oben.

A fejét a földhöz szorította, de felfelé nézett.

Vielleicht würde sich so der Blick seiner Schwester mit seinem treffen.

Talán így a húga tekintete találkozhat az övével.

Kann man wirklich sagen, dass er nur ein Tier war?

Tényleg azt lehet mondani, hogy csak egy állat volt?

War er etwa ein Tier, wenn ihn Musik so fesseln konnte?

Vajon állat volt, ha a zene ennyire lenyűgözte?

Er hatte das Gefühl, ihm sei ein Weg zu unbekannter Nahrung gezeigt worden.

Úgy érezte, mintha egy ismeretlen táplálékhoz vezető utat mutattak volna meg neki.

Vielleicht war dies die Nahrung, die ihm fehlte.

Talán ez volt az a táplálék, ami hiányzott neki.

Er war fest entschlossen, zu seiner Schwester zu gelangen.

Elhatározta, hogy elindul a húga felé.

Er wollte an ihrem Rock zupfen, um ihre Aufmerksamkeit zu erregen.

Meg akarta húzni a szoknyáját, hogy felhívja magára a figyelmét.

Er wollte ihr eine Art Einladung signalisieren.

Jelezni akarta neki egy meghívás lehetőségét.

„Komm und spiel Geige in meinem Zimmer", wollte er sagen.

„Gyere, hegedülj a szobámban!" – akarta mondani.

Er wollte, dass sie für ihre wunderschöne Musik belohnt wird.

Azt akarta, hogy jutalmat kapjon a gyönyörű zenéjéért.

"Niemand hier belohnt dich dafür, dass du Geige spielst."

„Senki sem jutalmaz itt azért, mert hegedülsz."

Er wollte sie nicht mehr aus seinem Zimmer lassen.

Többé nem akarta kiengedni a szobájából.

Er wollte, dass sie so lange bei ihm blieb, wie er lebte.

Azt akarta, hogy amíg él, vele maradjon.

Zum ersten Mal hatte seine Verwandlung einen Vorteil.

Átalakulása most először hozott magával előnyöket.

Seine Missbildung würde ihm nun endlich noch von Nutzen sein.

A torzszülöttsége végre hasznára válik.

Er wollte gleichzeitig an allen vier Türen sein.

Egyszerre akart mind a négy ajtónál lenni.

Er wollte sie von allen Seiten anfauchen und anspucken.

Sziszegni és minden szögből rájuk köpni akart.

Seine Schwester sollte nicht gezwungen werden, bei ihm zu bleiben.

A húgát nem szabad arra kényszeríteni, hogy vele maradjon.

Er wollte, dass sie sich freiwillig dafür entschied, bei ihm zu bleiben.

Azt akarta, hogy a nő önként döntsön úgy, hogy vele marad.

Sie wollte sich neben ihn setzen und sich zu ihm hinunterbeugen.

Leült mellé, és lehajolt hozzá.

Und er wollte ihr von der Musikschule erzählen.

És mesélni fog neki a zeneiskoláról.

Er hatte die feste Absicht, sie auf die Akademie zu schicken.

Határozott szándéka volt, hogy elküldi az akadémiára.

Das hätte er allen schon letztes Weihnachten erzählt.

Mindenkinek mesélt volna erről a múlt karácsonykor.

War Weihnachten etwa schon wieder vorbei?

Tényleg eljött és elmúlt már megint a karácsony?

Und er hätte sich von niemandem davon abbringen lassen.

És nem hagyta volna, hogy bárki lebeszélje erről.

Doch dann setzte das Unglück allem ein Ende.

Aztán egy szerencsétlen baleset mindent félbeszakított.

Die Schwester wäre von ihren Gefühlen überwältigt gewesen.

A nővért biztosan elöntötték volna az érzelmek.

Und dann wäre Gregor bis auf ihre Schulter geklettert.

És akkor Gregor felmászott volna a vállára.

Und er hätte sie getröstet, indem er ihren Hals geküsst hätte.

És azzal vigasztalta volna, hogy megcsókolta volna a nyakát.

„Herr Samsa!", rief der Mann in der Mitte dem Vater zu.

„Samsa úr!" – kiáltotta a középső férfi az apának.

Er zeigte mit dem Zeigefinger nach unten auf Gregor.

Mutatóujjával lefelé mutatott Gregorra.

Gregor bewegte sich langsam über den Wohnzimmerboden.

Gregor lassan átsétált a nappali padlóján.

Das Geigenspiel verstummte sehr schnell.

A hegedűjáték nagyon gyorsan elhallgatott.

Der mittlere der drei Männer lächelte seine Freunde an.

A három férfi közül a középső a barátaira mosolygott.

Dann schüttelte er den Kopf und blickte zurück zu Gregor.

Aztán megrázta a fejét, és visszanézett Gregorra.

Der Vater hätte Gregor zurück in sein Zimmer schicken können.

Az apa visszakényszeríthette volna Gregort a szobájába.

Das war jedoch nicht die erste Maßnahme, zu der er sich entschloss.

De nem ez volt az első lépés, amire elhatározta magát.

Er hielt es für wichtiger, die Herren zu beruhigen.

Fontosabbnak tartotta az urak megnyugtatását.

Obwohl sie von Gregor eigentlich überhaupt nicht verärgert waren.

Bár Gregor igazából egyáltalán nem haragudott rájuk.

Gregor schien unterhaltsamer als das Geigenspiel.

Gregor szórakoztatóbbnak tűnt, mint a hegedűjáték.

Er eilte mit ausgestreckten Armen auf sie zu.

Kinyújtott karokkal rohant oda hozzájuk.

Er gab sein Bestes, um ihren Blick auf Gregor zu verbergen.

Minden erejével azon volt, hogy eltakarja a nézőpontjukat Gregorról.

Und er versuchte, sie zur Rückkehr in ihr Zimmer zu bewegen.

És megpróbálta őket visszacsábítani a szobájukba.

Das hat sie eher ein wenig verärgert.

Ha valami, ez inkább egy kicsit bosszantotta őket.

Es war aber schwer zu sagen, was genau sie störte.

De nehéz volt megmondani, hogy pontosan mi bosszantotta őket.

Der Vater verdarb die abendliche Unterhaltung.

Az apa elrontotta az este szórakozását.

Aber sie hatten auch gerade erst von ihrem neuen Mitbewohner erfahren.

De épp akkor hallottak az új lakótársukról is.

Sie hoben die Hände, genau wie der Vater es getan hatte.

Felemelték a kezüket, ahogy az apa tette.

Sie verlangten vom Vater eine sofortige Erklärung.

Azonnali magyarázatot követeltek az apától.

Sie zupften unruhig an ihren Bärten, um eine Antwort zu bekommen.

bekommen.

Nyugtalanul rángatták a szakállukat válaszra várva.

Und sie bewegten sich rückwärts in ihr Zimmer, aber sehr langsam.

És hátrafelé indultak a szobájuk felé, de nagyon lassan.

Die Unterbrechung hatte die Schwester in eine Trance versetzt.

A félbeszakítás transzba taszította a nővért.

Sie ließ Geige und Bogen an ihrer Seite herabhängen.

Hagyta, hogy a hegedű és a vonó lelógjon maga mellett.

Und sie blickte auf die Notenblätter, als ob sie immer noch spielen würde.

És úgy nézett a kottára, mintha még mindig játszana.

Doch dann zog sie sich plötzlich wieder ins Zimmer zurück.

De aztán hirtelen visszahúzta magát a szobába.

Und sie hatte nun das Gefühl, verloren zu sein, überwunden.

És most már legyőzte az elveszettség érzését.

Sie legte das Musikinstrument auf den Schoß ihrer Mutter.

A hangszert az anyja ölébe tette.

Die Mutter saß schwer atmend auf dem Stuhl.

Az anya a székben ült, és nehezen vette a levegőt.

Und dann musste die Schwester ins Nebenzimmer rennen.

És akkor a nővérnek át kellett szaladnia a szomszéd szobába.

Sie musste alles für die Herren vorbereiten.

Mindent elő kellett készítenie az uraknak.

Sie warf die Decken und Kissen in die Luft.

A levegőbe dobta a takarókat és párnákat.

Und mit ihren geschickten Händen richtete sie die gesamte Bettwäsche her.

És ügyes kezeivel elrendezte az ágyneműt.

Sie war schon fertig, bevor die Herren den Raum erreichten.

Még mielőtt az urak a szobába értek volna, végzett.

Und sie verschwand, bevor sie ihnen in die Quere kam.

És kisurrant, mielőtt útjukba került volna.

Der Vater schien von seiner eigenen Sturheit beherrscht zu sein.

Az apát mintha a saját makacssága ragadta volna magával.

**Und so vergaß er jeglichen Respekt, den er seinen Mietern
schuldete.**

És így megfeledkezett minden tiszteletről, amivel a bérlőinek
tartozott.

Er drängte und drängte, bis deren Sprecher Einspruch erhob.

Addig lökdösődött és lökdösődött, amíg a szóvivőjük
tiltakozott.

**Als er die Tür erreichte, stampfte er wütend mit dem Fuß
auf.**

Dühösen toppantott a lábával, amikor az ajtóhoz ért.

Und damit brachte er den Vater zum Schweigen.

És ezzel megállította az apát.

**„Hiermit erkläre ich", begann er sich an seinen Vermieter zu
wenden.**

– Ezennel kijelentem – kezdte a házigazdájához fordulva.

Und er hob die Hand und blickte die ganze Familie an.

És felemelte a kezét, végignézve az egész családon.

„Hinsichtlich der widerlichen Zustände im Zimmer;"

„Ami a szoba undorító körülményeit illeti;"

Und er sorgte dafür, dass alle seinen Worten zuhörten.

És gondoskodott róla, hogy mindenki hallja a szavait.

"Hiermit kündige ich meinen Auszug aus meinem Zimmer."

„Ezennel értesítem, hogy elhagyom a szobámat."

**Und er unterstrich seine Aussage zusätzlich, indem er auf
den Boden spuckte.**

És azzal is megerősítette mondanivalóját, hogy a földre köpött.

**„Auch die Tage, die ich hier gelebt habe, werde ich nicht
bezahlen."**

„És azokért a napokért sem fogok fizetni, amiket itt töltöttem."

**Mit dieser Rückerstattung war er allerdings nicht ganz
zufrieden.**

Azonban nem volt teljesen elégedett ezzel a visszatérítéssel.

**„Und ich werde erwägen, weitere Forderungen an Sie zu
stellen."**

„És megfontolom, hogy más követeléseket is támasztok majd
veled szemben."

„Glauben Sie mir, solche Forderungen lassen sich sehr leicht rechtfertigen."

„Higgyék el, az ilyen követeléseket nagyon könnyű lesz igazolni."

Er schwieg und blickte den Vater direkt an.

Csendben volt, és egyenesen az apjára nézett.

Er schien zu erwarten, dass noch etwas passieren würde.

Úgy tűnt, valami többre számított.

Tatsächlich hatten seine beiden Freunde sofort die gleiche Idee.

Sőt, két barátjának is azonnal ugyanez az ötlete támadt.

„Wir stornieren auch unsere Zimmer", sagten sie unisono.

„Mi is lemondjuk a szobáinkat." – mondták kórusban.

Dann packte er den Türgriff und schloss die Tür.

Aztán megragadta a kilincset és becsukta az ajtót.

Und mit einem lauten Knall schlossen sie sich in ihrem Zimmer ein.

És hangos csattanással bezárkóztak a szobájukba.

Der Vater taumelte mit tastenden Händen zu seinem Stuhl.

Az apa tapogatózó kézzel tántorgott a székéhez.

Und er ließ sich besiegt in den Stuhl fallen.

És hagyta, hogy legyőzötten a székbe zuhanjon.

Es sah so aus, als ob er seinen üblichen Abendschlaf halten würde.

Úgy tűnt, mintha a szokásos esti szunyókálásához készülne.

Sein Kopf nickte jedoch fast so, als ob er nicht gestützt würde.

De a feje úgy bólintott, mintha nem is lenne alátét.

Und man konnte sehen, dass er überhaupt nicht schlief.

És látható volt, hogy egyáltalán nem aludt.

Während all dem hatte Gregor sich nicht von der Stelle gerührt.

Gregor mindez idő alatt meg sem moccant a helyéről.

Er befand sich noch immer an der Stelle, wo die Herren ihn zuerst gesehen hatten.

Még mindig ott volt, ahol az urak először látták.

Selbst wenn er umziehen wollte, fand er es unmöglich.

Még ha mozdulni is akart volna, lehetetlennek találta.

Entweder aus Enttäuschung oder aus Hunger.

A csalódása miatt, vagy az éhsége miatt.

Er war enttäuscht über das Scheitern seines Plans.

Csalódott volt a terve kudarca miatt.

Und er war geschwächt von dem anhaltenden Hunger, den er verspürte.

És legyengült a hosszan tartó éhségtől.

Er war sich sicher, dass sich jeden Moment alle gegen ihn wenden würden.

Biztos volt benne, hogy bármelyik pillanatban mindenki ellene fordulna.

In Erwartung des unmittelbar bevorstehenden Zusammenbruchs wartete er.

Ezzel a közvetlen összeomlás reményével várt.

Die Geige begann vom Schoß der Mutter zu rutschen.

A hegedű lecsúszni kezdett az anya öléből.

Mit einem ohrenbetäubenden Geräusch fiel die Geige zu Boden.

A hegedű visszhangzó csattanással a földre hullott.

Doch selbst dieses plötzliche Krachen ließ ihn nicht erschrecken.

De még ez a hirtelen csattanó hang sem riasztotta meg.

„Liebe Eltern", sagte die Schwester, „so kann es nicht weitergehen."

– Kedves szülők – mondta a nővér –, ez így nem mehet tovább.

Und um ihrer Aussage Nachdruck zu verleihen, schlug sie mit der Hand auf den Tisch.

És az asztalra csapott a kezével, hogy bizonyítsa a mondanivalóját.

"Ich werde den Namen meines Bruders vor diesem Monster nicht aussprechen."

„Nem fogom kimondani a bátyám nevét ennek a szörnyetegnek az előtt."

„Deshalb sage ich es so deutlich wie möglich:"

„Ezért mondom ezt a lehető legkeményebben:"

„Uns bleibt keine andere Wahl, als dieses Tier
loszuwerden."
„Nincs más választásunk, mint megszabadulni ettől az
állattól."
„Wir haben unser Bestes getan, um dieses Tier zu tolerieren
und zu pflegen."
„Mindent megtettünk, hogy elviseljük és gondoskodjunk erről
az állatról."
„Ich glaube nicht, dass uns irgendjemand auch nur im
Geringsten die Schuld geben kann."
– Azt hiszem, senki a legcsekélyebb mértékben sem
hibáztathat minket.
„Sie hat tausendfach Recht", stimmte der Vater zu.
– Ezerszeresen igaza van – helyeselt az apa.
Die Mutter hatte noch immer nicht wieder richtig Luft
bekommen.
Az anya még mindig nem kapta vissza teljesen a levegőt.
Sie begann dumpf in ihre Hand zu husten und atmete
schwer.
Tompán köhögni kezdett a tenyerébe, zihálva.
Und in ihren Augen begann sich ein wahnsinniger
Ausdruck abzuzeichnen.
És egy őrült kifejezés kezdett kirajzolódni a szemében.
Die Schwester eilte zu ihrer Mutter und hielt sich die Stirn.
A nővér az anyjához rohant, és a homlokát fogta.
Der Vater schien von den Worten der Schwester inspiriert
zu sein.
Az apát látszólag megihlették a nővér szavai.
Und seine Gedanken schienen klarer als zuvor.
És gondolatai tisztábbnak tűntek, mint korábban.
Er hörte auf, mit dem Kopf zu nicken, und setzte sich wieder
aufrecht hin.
Abbahagyta a bólogatást, és újra felült.
Und er spielte, in tiefes Nachdenken versunken, mit der
Mütze seines Dieners.
És mélyen elgondolkodva játszadozott a szolgai sapkájával.
Die Teller der Mieter standen noch auf dem Tisch.

A bérlők tányérjai még mindig az asztalon voltak.

Und manchmal blickte er zu dem schweigenden Gregor hinüber.

És néha a hallgatag Gregorra pillantott.

„Wir müssen versuchen, es loszuwerden", sagte die Schwester zu ihm.

„Meg kell próbálnunk megszabadulni tőle" – mondta neki a nővér.

Die Mutter war zu sehr mit Husten beschäftigt, um zuzuhören.

Az anya túlságosan lekötötte a köhögés ahhoz, hogy meghallgassa.

„Das wird euch beide umbringen, ich sehe es schon kommen."

„Mindkettőtöket meg fog ölni, már látom magam előtt, hogy jönni fog."

„Wir können nicht alle weiterhin so hart arbeiten wie bisher."

„Nem dolgozhatunk mindannyian továbbra is olyan keményen, mint most."

„Und jeden Tag müssen wir nach Hause kommen und diese Qualen erleiden."

„És minden nap haza kell térnünk erre a kínzásra."

„Wir können das nicht mehr ertragen. Ich kann das nicht mehr ertragen."

„Nem bírjuk tovább. Én ezt nem bírom elviselni."

In einem letzten Tränenausbruch sank sie ihrer Mutter in die Arme.

Utolsó könnyeivel borult az anyjához.

Die Tränen rannen ihr über das Gesicht und auf das ihrer Mutter.

A könnyek lefolytak az arcán, és az anyja arcára hullottak.

Und mit einer mechanischen Bewegung wischte sie sich die Tränen weg.

És gépies mozdulattal letörölte a könnyeit.

„Mein Kind", sagte der Vater mitfühlend.

– Gyermekem – mondta az apa együttérző hangon.

In seiner Stimme lag tiefes Mitgefühl und Verständnis.

Mély együttérzés és megértés csengett a hangjában.

„Aber was sollen wir tun?", gestand er und gab zu, es nicht zu wissen.

„De mit tegyünk?" – vallotta be, hogy nem tudja.

Die Schwester zuckte nur hilflos mit den Schultern.

A nővér csak tehetetlenül megvonta a vállát.

Und ihr anfängliches Selbstvertrauen wich erneut Tränen.

És korábbi magabiztosságát ismét könnyek váltották fel.

„Wenn er uns doch nur verstehen würde", sagte der Vater laut.

– Bárcsak megértene minket – mondta hangosan az apa.

Und er fragte sich halb, ob Gregor es vielleicht verstanden hatte.

És félig-meddig megkérdőjelezte, hogy vajon Gregor talán megértette-e.

Die Schwester schüttelte unter Tränen heftig die Hand.

A nővér csak hevesen rázta a kezét, miközben sírt.

Und so signalisierte sie, dass man diese Idee gar nicht erst in Erwägung ziehen sollte.

Így hát jelzést adott, hogy az ötletre gondolni sem szabad.

„Aber wenn er uns doch nur verstehen würde", wiederholte der Vater.

– Bárcsak megértene minket! – ismételte az apa.

Er schloss die Augen und dachte über die Antwort seiner Schwester nach.

Lehunyta a szemét, és átgondolta a nővér válaszát.

"Wenn er verstünde, dass eine Vereinbarung mit ihm getroffen werden könnte."

„Ha megértette volna, meg lehetett volna vele állapodni."

„Aber unter den gegebenen Umständen…"

„De mivel a dolgok úgy állnak, ahogy vannak…"

„Es muss weg!", rief die Schwester, „es ist der einzige Weg."

– Mennie kell! – kiáltotta a nővér. – Ez az egyetlen út.

„Du musst den Gedanken loswerden, dass es Gregor ist."

„Meg kell szabadulnod attól a gondolattól, hogy Gregor az."

„Dass wir das so lange geglaubt haben, ist unser eigentliches Unglück."

„Az, hogy ilyen sokáig hittük, a mi igazi balszerencsénk."

„Aber wie kann es Gregor sein?", fragte sie ihren Vater.

„De hogy lehet az Gregor?" – kérdezte az apjától.

„Er wusste, dass ein solches Tier nicht mit Menschen zusammenleben kann."

„Tudta, hogy egy ilyen állat nem tud együtt élni az emberrel."

„Gregor hätte uns schon längst freiwillig verlassen."

„Gregor már rég elhagyott volna minket, önként."

„Das stimmt, dann hätten wir keinen Bruder mehr."

„Igaz, akkor nem lenne testvérünk."

„Aber wir könnten weiterleben und sein Andenken ehren."

„De tovább élhetnénk és tisztelhetnénk az emlékét."

„Aber dieses Ungeheuer verfolgt uns und vertreibt unsere Pächter."

„De ez a fenevad üldöz minket és elűzi a bérlőinket."

„Es will ganz offensichtlich die ganze Wohnung in Besitz nehmen."

„Nyilvánvalóan az egész lakást le akarja foglalni."

„Dieses Biest will, dass wir auf der Straße schlafen."

„Ez a szörnyeteg az utcán akar minket aludtatni."

"Schau, Vater", rief sie plötzlich, "er bewegt sich schon wieder!"

– Nézd, apa! – kiáltotta hirtelen. – Megint mozog!

Und sie tat etwas, das selbst Gregor nicht verstehen konnte.

És olyasmit tett, amit még Gregor sem értett.

Sie stieß sich von sich selbst ab, als wolle sie die Mutter opfern.

Ellökte magát, mintha feláldozná az anyját.

Und sie rannte hinter ihrem Vater her, um sich in Sicherheit zu bringen.

És az apja mögé futott, hogy valamiféle biztonságba kerüljön.

Der Vater war nur deshalb so aufgebracht, weil seine Tochter es war.

Az apa csak azért volt izgatott, mert a lánya is az volt.

Doch dann stand auch er auf und hob die Arme über sie.

De aztán ő is felállt, és fölébe emelte a karját.

Gregor hatte jedoch keinerlei Absicht gehabt, irgendjemanden zu erschrecken.

De Gregornak esze ágában sem volt senkit megijeszteni.

Er hatte insbesondere nicht die Absicht, seine Schwester zu erschrecken.

Főleg nem gondolt arra, hogy megijessze a húgát.

Er wollte sich gerade umdrehen und zurück in sein Zimmer gehen.

Épp vissza akart fordulni a szobája felé.

Doch in seinem sich verschlechternden Zustand war selbst das schwierig.

De romló állapotában még ez is nehéz volt.

Und er konnte seine Beine nicht mehr vollumfänglich nutzen.

És már nem tudta teljesen használni az összes lábát.

Also benutzte er seinen Kopf, um seinen Körper anzuheben und sich umzudrehen.

Így hát a fejével emelte fel a testét és megfordult.

Er hielt inne und suchte in der Familie nach deren Zustimmung.

Szünetet tartott, és körülnézett, hogy a család helyeseljen.

Seine guten Absichten schienen erkannt worden zu sein.

Jó szándékát látszólag felismerték.

Seine Bewegung hatte sie nur kurzzeitig erschreckt.

Mozdulata csak egy pillanatnyi sokkot okozott nekik.

Nun blickten sie ihn alle in unglücklichem Schweigen an.

Most mindannyian boldogtalan csendben néztek rá.

Die Mutter lag noch immer erschöpft im Sessel.

Az anya még mindig a karosszékben feküdt, kimerülten.

Vater und Schwester saßen nebeneinander.

Az apa és a nővér egymás mellett ültek.

»Vielleicht lassen sie mich jetzt umdrehen«, dachte Gregor.

„Talán most már hagyják, hogy megforduljak" – gondolta Gregor.

Und er setzte seine unbeholfene Drehbewegung fort.

És folytatta esetlen fordulómozdulatát.

Er konnte die gelegentlichen Atemzüge der Anstrengung nicht unterdrücken.

Nem tudta elfojtani az erőlködéstől időnként feltörő zihálásokat.

Und er war gezwungen, zwischendurch ein paar Mal Pausen einzulegen.

És közben néhányszor pihenőre is kényszerült.

Niemand drängte ihn jetzt zur Eile; es lag ganz bei ihm.

Most már senki sem siettetette; rajta múlott.

Schließlich vollendete er die langsame und schmerzhafte Drehung.

Végül befejezte a lassú és fájdalmas fordulatot.

Er machte sich sofort auf den Weg zurück in sein Zimmer.

Azonnal elkezdett egyenesen visszamenni a szobájába.

Er war erstaunt darüber, wie weit er von seinem Zimmer entfernt war.

Megdöbbentett, milyen messze van a szobájától.

Wie war er trotz seiner Schwäche zuvor dorthin gelangt?

Hogyan jutott el idáig, gyengesége ellenére?

Er war fast denselben Weg gegangen, ohne es zu bemerken.

Majdnem ugyanazon az úton haladt, anélkül, hogy észrevette volna.

Er konzentrierte sich jetzt nur noch darauf, so schnell wie möglich zu krabbeln.

Most már csak arra koncentrált, hogy olyan gyorsan másszon, ahogy csak bírt.

Das Ausbleiben von Kommentaren störte ihn nicht.

Az sem zavarta, hogy senkitől sem érkezett megjegyzés.

Erst als er schon in der Tür war, drehte er den Kopf.

Csak amikor már az ajtóban volt, fordította el a fejét.

Aber er konnte sich nicht vollständig umdrehen und zurückblicken.

De nem volt képes megfordulni, hogy teljesen hátranézzen.

Denn er spürte, wie sich sein Nacken beim Umdrehen noch mehr versteifte.

Mert érezte, hogy a nyaka még jobban megmerevedik, ahogy megfordul.

Doch er sah, dass sich hinter ihm ohnehin nichts verändert hatte.

De látta, hogy mögötte úgysem változott semmi.

Der einzige Unterschied war, dass seine Schwester aufgestanden war.

Az egyetlen különbség az volt, hogy a húga felállt.

Sein letzter Blick verriet ihm, dass seine Mutter eingeschlafen war.

Utolsó pillantása azt mutatta, hogy anyja elaludt.

Sobald er in seinem Zimmer war, wurde die Tür geschlossen.

Amint beért a szobájába, az ajtó becsukódott.

Und sobald die Tür geschlossen war, wurde der Schrank verriegelt.

És amint becsukódott az ajtó, a zár zárva volt.

Gregor erschrak über das unerwartete Geräusch hinter ihm.

Gregort megijesztette a mögötte hallatszó váratlan zaj.

Und vor lauter Überraschung knickten seine Beine unter ihm ein.

És a lábai megroggyantak a hirtelen meglepetéstől.

Es war seine Schwester, die hinter ihm zur Tür geeilt war.

A nővér volt az, aki mögötte az ajtóhoz rohant.

Sie stand bereits aufrecht da und wartete auf ihn.

Már ott állt egyenesen, és várta őt.

Dann machte sie einen leichten Sprung nach vorn, ohne dass Gregor es hörte.

Aztán könnyedén előreugrott, anélkül, hogy Gregor meghallotta volna.

"Endlich!", rief sie laut, als sie den Schlüssel umdrehte.

„Végre!" – kiáltotta hangosan, miközben elfordította a kulcsot.

„Was nun?", fragte sich Gregor, allein in der Dunkelheit.

„Most mi van?" – kérdezte magában Gregor, egyedül a sötétben.

Er merkte bald, dass er sich überhaupt nicht mehr bewegen konnte.

Hamarosan rájött, hogy már egyáltalán nem tud mozogni.

Doch seine Unbeweglichkeit überraschte ihn nicht wirklich.

De igazából nem lepődött meg a mozdulatlanságán.

Sich auf so dünnen Beinen fortbewegen zu können, erschien lächerlich.

Nevetségesnek tűnt, hogy ilyen vékony lábakon lehet mozogni.

Er wusste nicht, wie ihm das jemals gelungen war.

Fogalma sem volt, hogyan volt képes rá valaha is.

Abgesehen davon fühlte er sich aber relativ wohl.

De ettől eltekintve viszonylag kényelmesen érezte magát.

Es stimmt, dass er am ganzen Körper tiefe Schmerzen verspürte.

Az igaz, hogy mély fájdalmat érzett az egész testében.

Doch der Schmerz schien immer schwächer zu werden.

De a fájdalom egyre gyengébbnek tűnt.

Und er hatte das Gefühl, der Schmerz würde irgendwann verschwinden.

És úgy érezte, hogy a fájdalom végül elmúlik.

Er spürte den faulen Apfel in seinem Rücken kaum noch.

Alig érezte már a rothadt almát a hátában.

Er dachte mit Rührung und Liebe an seine Familie zurück.

Szeretettel és meghatódva gondolt vissza családjára.

Er spürte die Gefühle seiner Schwester noch stärker als sie selbst.

Még jobban átérezte a nővére érzelmeit, mint az övé.

Sie hatte Recht mit dem, was sie gesagt hatte; er musste gehen.

Igaza volt abban, amit mondott; mennie kellett.

Er verbrachte einige Zeit in diesem leeren und friedlichen Zustand.

Egy ideig ebben az üres és békés állapotban tartózkodott.

Die Uhr schlug dreimal, leise, aber bestimmt.

Az óra háromszor ütött, halkan, de határozottan.

Gregor wurde sanft aus seinen Betrachtungen gerissen.

Gregort gyengéden kirángatták elmélkedéséből.

Er beobachtete, wie das Morgenlicht langsam in sein Zimmer drang.

Nézte, ahogy a reggeli fény lassan besüt a szobájába.

**Dann sank sein Kopf völlig nach unten, ohne dass er es
wollte.**

Aztán a feje teljesen lehajlott, akarata nélkül.

**Und sein letzter Atemzug entwich schwach aus seinen
Nasenlöchern.**

És utolsó lélegzete gyengén áradt ki az orrlyukaiból.

Das Dienstmädchen kam früh am Morgen in sein Zimmer.

A szobalány kora reggel bejött a szobájába.

**Bei ihrem üblichen kurzen Besuch fand sie nichts
Ungewöhnliches vor.**

A szokásos rövid látogatása során semmi szokatlant nem
talált.

Aus Kraft und in Eile knallte sie alle Türen zu.

Erejéből és sietségéből kifogyva becsapta az összes ajtót.

**An ruhigen Schlaf war in der gesamten Wohnung nicht zu
denken.**

Az egész lakásban nem lehetett nyugodtan aludni.

Sie war gebeten worden, dies morgens zu vermeiden.

Arra kérték, hogy reggelente kerülje ezt.

Sie glaubte, er läge absichtlich so regungslos da.

Azt hitte, szándékosan fekszik ott ilyen mozdulatlanul.

Vielleicht wollte er ihr zeigen, dass er beleidigt war.

Talán meg akarta mutatni neki, hogy megsértődött.

**Sie vertraute darauf, dass er über alle Arten von Intelligenz
verfügte.**

Bízott benne, hogy mindenféle intelligenciával rendelkezik.

Sie hielt zufällig den langen Besen in der Hand.

Véletlenül a hosszú seprűt tartotta a kezében.

**Also versuchte sie von der Tür aus, Gregor ein wenig zu
kitzeln.**

Így hát az ajtóból megpróbálta egy kicsit megcsiklandozni
Gregort.

**Sie war etwas verärgert darüber, dass er überhaupt nicht
reagierte.**

Egy kicsit bosszantotta, hogy a férfi egyáltalán nem reagált.

Deshalb stieß sie ihn diesmal etwas energischer an.

Így hát ezúttal egy kicsit határozottabban lökte meg.
Als er keinen Widerstand leistete, sah sie genauer hin.
Mivel a férfi nem tanúsított ellenállást, jobban szemügyre vette.
Bald begriff sie, was Gregor wirklich zugestoßen war.
Hamarosan rájött, mi is történt valójában Gregorral.
Sie öffnete die Augen noch weiter und pfiff vor sich hin.
Tágabbra nyitotta a szemét, és magában fütyült.
Doch sie zögerte nicht lange, bevor sie die Tür öffnete.
De nem vesztegette sokáig az időt, mielőtt kinyitotta az ajtót.
Und sie rief mit lauter Stimme in die Dunkelheit:
És hangosan kiáltott a sötétségbe:
"Komm und sieh es dir an, da liegt es, völlig tot."
„Gyere, nézd meg, ott fekszik, teljesen halott.”
Die beiden Eltern saßen aufrecht in ihrem Ehebett.
A két szülő egyenesen ült a házastársi ágyában.
Zuerst mussten sie den Lärmschock überwinden.
Először is le kellett küzdeniük a zaj okozta sokkot.
Doch dann begannen sie langsam, ihre Botschaft zu verstehen.
De aztán lassan kezdték felfogni az üzenetét.
Herr und Frau Samsa sprangen jeweils von ihrer Seite des Bettes.
Samsa úr és asszony kiugrottak az ágyból a saját oldalukon.
Herr Samsa warf sich die dicke Decke über die Schultern.
Samsa úr a vállára terítette a vastag takarót.
Und Frau Samsa kam nur im Nachthemd heraus.
És Samsa asszony semmiben, csak a hálóingében jött ki.
Und so gelangten sie in Gregors Zimmer.
És így léptek be Gregor szobájába.
Inzwischen hatte sich auch die Tür zum Wohnzimmer geöffnet.
Közben a nappali ajtaja is kinyílt.
Grete hatte dort geschlafen, seit die Mieter eingezogen waren.
Grete ott aludt, mióta a bérlők beköltöztek.

Sie war vollständig angezogen, als hätte sie überhaupt nicht geschlafen.

Teljesen fel volt öltözve, mintha egy pillanatot sem aludt volna.

Ihr blasses Gesicht schien ebenfalls ihren Schlafmangel zu beweisen.

Sápadt arca is a kialvatlanságát bizonyította.

„Er ist tot?", fragte Frau Samsa und blickte die Magd an.

„Meghalt?" – kérdezte Samsa asszony, a szobalányra nézve.

Das hätte sie selbst überprüfen können, indem sie ihn angesehen hätte.

Ezt azzal is megerősíthette volna, ha maga is ránéz.

„Ich glaube schon", sagte das Dienstmädchen und hob den Besen auf.

– Azt hiszem – mondta a szobalány, és felvette a seprűt.

Und sie schob seinen Körper ein langes Stück über den Boden.

És messzire tolta a testét a padlón.

Frau Samsa machte eine Bewegung, als wolle sie sie aufhalten.

Samsa asszony olyan mozdulatot tett, mintha meg akarná állítani.

Doch am Ende ließ sie das Dienstmädchen Gregor herumschieben.

De végül hagyta, hogy a szobalány gurítsa Gregort.

„Nun", sagte Herr Samsa, „endlich können wir Gott danken."

– Nos – mondta Mr. Samsa –, végre hálát adhatunk Istennek.

Er bekreuzigte sich; Kopf, Brust, Schultern.

Keresztet vetett; fej, mellkas, vállak.

Und die drei Frauen folgten seinem religiösen Beispiel.

És a három nő követte vallásos példáját.

Grete, die den Blick nicht von der Leiche abwandte, sagte:

Grete, aki nem vette le a szemét a holttestről, megszólalt;

„Seht nur, wie dünn er war! Er hat so lange nichts gegessen."

„Nézd, milyen sovány volt, olyan régóta nem evett."

„Das Futter, das ich ihm jeden Morgen hinstellte, war immer unberührt."

„Az étel, amit minden reggel otthagytam neki, mindig érintetlen volt."

Tatsächlich war Gregors Körper völlig flach und trocken.

Valójában Gregor teste teljesen lapos és száraz volt.

Dies war nun, da er am Boden lag, deutlicher zu erkennen.

Ez most, hogy a földön volt, még jobban látszott.

Weil sein Körper nicht mehr von seinen Beinen hochgehalten wurde.

Mert a testét már nem a lábai emelték fel.

Und weil es nichts anderes gab, was die Aussicht beeinträchtigte.

És mivel semmi más nem zavarta a kilátást.

„Komm doch für eine Weile mit uns herein, Grete", sagte Frau Samsa.

– Gyere be hozzánk egy kicsit, Grete – mondta Samsa asszony.

Während sie sprach, lag ein gequältes Lächeln auf ihren Lippen.

Fájdalmas mosoly játszott az ajkán, miközben beszélt.

Grete folgte ihnen, blickte aber auch immer wieder zurück auf die Leiche.

Grete követte őket, de visszanézett a holttestre is.

Das Dienstmädchen schloss die Tür und öffnete das Fenster ganz.

A szobalány becsukta az ajtót, és teljesen kinyitotta az ablakot.

Es war noch früh, daher wäre die Luft normalerweise kalt.

Még korán volt, így a levegő általában hideg szokott lenni.

Doch in der kalten Luft lag auch ein Hauch von Wärme.

De a hideg levegőben melegség is vegyült.

Wie eine sanfte Erinnerung daran, dass es nun Ende März war.

Mint egy halk emlékeztető arra, hogy már március vége van.

Die drei Mieter verließen nun ebenfalls ihr Zimmer.

A három bérlő most szintén kilépett a szobájából.

Sie schauten sich staunend nach ihrem Frühstück um.

Ámulva néztek körül, hogy mit ehetnek a reggelijükkel.

Das Frühstück wurde vergessen, wegen dem, was das Dienstmädchen gefunden hatte.

A reggelit elfelejtették amiatt, amit a szobalány talált.

„Wo gibt es Frühstück?", grummelte der mittlere Herr.

„Hol a reggeli?" – morgolódott a középső úriember.

Das Dienstmädchen legte den Finger an den Mund, um Ruhe zu gebieten.

A szobalány a szájához emelte az ujját, hogy csendet parancsoljon.

Und sie winkte den Herren hastig und stumm zu.

És sietve, szótlanul integetett az uraknak.

Das Dienstmädchen geleitete die drei Herren in den Raum.

A szobalány bevezette a három urat a szobába.

Und sie erklärte ihnen weiterhin, was geschehen war.

És tovább magyarázta nekik, mi történt.

Und die drei Herren standen um Gregors Leichnam herum.

A három úriember pedig Gregor holtteste körül állt.

Mit den Händen in den Taschen blickten sie nach unten.

Zsebre dugott kézzel lefelé néztek.

Das Morgenlicht hatte den Raum nun vollständig durchflutet.

A reggeli fény mostanra teljesen elárasztotta a szobát.

Dann öffnete sich die Schlafzimmertür und Herr Samsa erschien.

Aztán kinyílt a hálószoba ajtaja, és megjelent Mr. Samsa.

Auf der einen Seite saß seine Frau, auf der anderen seine Tochter.

Az egyik oldalon a felesége, a másikon a lánya ült.

Herr Samsa trug inzwischen bereits seine Uniform.

Mr. Samsa ekkorra már az egyenruháját viselte.

Man konnte sehen, dass sie alle ein bisschen geweint hatten.

Látszott, hogy mindannyian sírtak egy kicsit.

Grete drückte ihr Gesicht an den Arm ihres Vaters.

Grete az arcát az apja karjához nyomta.

„Verlassen Sie sofort meine Wohnung!", befahl Herr Samsa.

„Azonnal hagyja el a lakásomat!" – parancsolta Mr. Samsa.

Und er deutete auf die Tür, ohne die Frauen gehen zu lassen.

És az ajtóra mutatott anélkül, hogy elengedte volna a nőket.

„Was meinen Sie damit?", fragte der Mittelsmann verunsichert.

„Hogy érted ezt?" – kérdezte a középső férfi zavartan.

Und er gab sich alle Mühe, Herrn Samsa freundlich anzulächeln.

És igyekezett kedvesen mosolyogni Samsa úrra.

Die anderen beiden hielten ihre Hände hinter dem Rücken.

A másik kettő a háta mögé kulcsolta a kezét.

Und sie rieben sich erwartungsvoll die Hände.

És izgatottan dörzsölték össze a kezüket.

Offenbar erwarteten sie einen lauten Streit.

Úgy tűnt, hangos veszekedésre számítottak.

Aber sie schienen sich auf die bevorstehende Auseinandersetzung zu freuen.

De úgy tűnt, örülnek a közelgő vitának.

Sie dachten, der Streit würde zu ihren Gunsten ausgehen.

Azt hitték, a vita az ő javukra fog dőlni.

„Ich meine genau das, was ich eben gesagt habe", antwortete Herr Samsa.

– Pontosan azt értem, amit az előbb mondtam – felelte Mr. Samsa.

Er ging mit seinen beiden Begleitern in einer geraden Linie.

Két társával egyenes vonalban haladt.

Und Herr Samsa ging direkt auf ihren Anführer zu.

És Mr. Samsa egyenesen a vezető úriemberhez lépett.

Der Herr blieb zunächst stehen und blickte zu Boden.

Az úr először mozdulatlanul állt, és a földet nézte.

Die Gedanken in seinem Kopf waren noch im Wandel.

A fejében lévő dolgok még mindig próbálták elrendezni magukat.

"Gut, dann gehen wir", sagte er und blickte zu Herrn Samsa auf.

– Rendben, megyünk – mondta, és felnézett Mr. Samsára.

Eine neue Demut schien ihn plötzlich ergriffen zu haben.

Úgy tűnt, hirtelen egy újfajta alázat lett úrrá rajta.

**Und er schien um Erlaubnis für diese Entscheidung zu
bitten.**
És úgy tűnt, mintha engedélyt kért volna erre a döntésre.
Herr Samsa öffnete die Augen weit und nickte leicht.
Samsa úr tágra nyitotta a szemét, és bólintott egyet.
Die Herren folgten seinem Befehl unverzüglich.
Az urak azonnal engedelmeskedtek a parancsnak.
**Und sie machten tatsächlich große Schritte in den Flur
hinein.**
És valóban hosszú léptekkel be is léptek a folyosóra.
**Seine Freunde hatten bereits aufgehört, sich die Hände zu
reiben.**
A barátai már abbahagyták a kézdörzsölést.
Sie hatten mitgehört, wie das Gespräch verlaufen war.
Figyelemmel hallgatták, hogyan alakul a beszélgetés.
Und nun rannten sie ihm nach, als ob sie Angst hätten.
És most már futottak utána, mintha félnének.
**Es ist möglich, dass Herr Samsa sie immer noch von ihrem
Anführer isoliert.**
Mr. Samsa talán még mindig elszigeteli őket a vezetőjüktől.
Sie zogen ihre Stöcke aus dem Stöckebehälter.
Előhúzták a botjaikat a bottartóból.
**Und sie verbeugten sich schweigend, bevor sie die
Wohnung verließen.**
És némán meghajoltak, mielőtt elhagyták a lakást.
Herr Samsa und die beiden Frauen traten aus dem Vorplatz.
Mr. Samsa és a két nő kilépett az előudvarba.
**Aber eigentlich hatten sie keinen Grund, den Männern zu
misstrauen.**
De valójában semmi okuk nem volt arra, hogy bizalmatlanok
legyenek a férfiakkal szemben.
**Sie lehnten sich ans Geländer, um zu überprüfen, ob sie weg
waren.**
A korlátnak támaszkodtak, hogy ellenőrizzék, elmentek-e.
Die drei Herren kamen tatsächlich die Treppe herunter.
A három úr valóban lefelé tartott a lépcsőn.
In einer bestimmten Kurve der Treppe verschwanden sie.

A lépcső egy bizonyos kanyarulatában eltűntek.

Und dann brachte die Treppe sie wieder in Sichtweite.

Aztán a lépcső újra láthatóvá tette őket.

Dieses Erscheinen und Verschwinden wiederholte sich auf jeder Etage.

Ez a megjelenés és eltűnés minden emeleten megismétlődött.

Doch schließlich waren sie fast am Ziel.

De végül majdnem a mélypontra értek.

Je weiter sie gingen, desto uninteressanter wurden sie.

Minél tovább mentek, annál érdektelenebbek lettek.

Alle kehrten erleichtert ins Haus zurück.

Mindenki megkönnyebbülten tért vissza a házba.

Sie beschlossen, den Tag zum Ausruhen und für einen Spaziergang zu nutzen.

Úgy döntöttek, hogy a napot pihenésre és sétára szánják.

Sie waren der Meinung, dass sie sich diese Auszeit von ihrer Arbeit verdient hatten.

Úgy érezték, megérdemlik ezt a szünetet a munkájukban.

Sie hatten diese Auszeit nicht nur verdient, sie brauchten sie auch.

Nemcsak megérdemelték ezt a szünetet, hanem szükségük is volt rá.

Sie setzten sich an den Tisch, um Entschuldigungsbriefe zu schreiben.

Leültek az asztalhoz, hogy bocsánatkérő leveleket írjanak.

Herr Samsa verfasste seinen Entschuldigungsbrief an die Geschäftsleitung.

Samsa úr megírta bocsánatkérő levelét a vezetőségének.

Frau Samsa schrieb ihren Entschuldigungsbrief an ihre Kunden.

Samsa asszony megírta bocsánatkérő levelét ügyfeleinek.

Und Grete schrieb ihren Entschuldigungsbrief an ihren Schulleiter.

Grete pedig megírta a bocsánatkérő levelét az igazgatójának.

Während alle schrieben, kam das Dienstmädchen ins Zimmer.

Miközben mindannyian írtak, bejött a szobalány a szobába.

Ihre Arbeit am Vormittag war erledigt, also ging sie nach Hause.

A délelőtti munkája véget ért, így hazament.

Die drei Schriftsteller nickten zunächst, ohne aufzusehen.

A három író először bólintott, anélkül, hogy felnézett volna.

Das Dienstmädchen schien aber noch nicht gehen zu wollen.

De a szobalány láthatóan még nem akart elmenni.

Sie wartete einen Moment, bis die drei Schriftsteller aufblickten.

Várt egy kicsit, amíg a három író felnézett.

„Na?", fragte Herr Samsa verärgert, genau wie die anderen.

„Nos?" – kérdezte Samsa úr, dühösen, akárcsak a többiek.

Das Dienstmädchen stand mit einem Lächeln im Gesicht in der Tür.

A szobalány mosolyogva állt az ajtóban.

Sie erweckte den Eindruck, gute Neuigkeiten zu verkünden zu haben.

Azt a benyomást keltette, hogy jó hírei vannak.

Aber sie würde die Neuigkeit nicht preisgeben, solange sie nicht dazu aufgefordert würde.

De nem akarta megosztani a hírt, hacsak nem kérik meg rá.

Die aufrecht stehende Straußenfeder an ihrem Hut schwankte leicht.

A kalapján lévő, felálló strucctoll kissé megingott.

Diese Straußenfeder hatte Herrn Samsa schon immer geärgert.

Az a strucctoll mindig is idegesítette Samsa urat.

„Also, was wollen Sie dann?", fragte Frau Samsa bestimmt.

„Szóval, mit akar akkor?" – kérdezte határozottan Samsa asszony.

Das Dienstmädchen hatte nach wie vor großen Respekt vor Frau Samsa.

A szobalány még mindig nagyon tisztelte Samsa asszonyt.

„Ja", antwortete sie und lachte freundlich auf.

– Igen – válaszolta a lány, és barátságosan felnevetett.

Einen Moment lang unterbrach sie ihr Lachen und sie
verstummte.

A nevetése egy pillanatra megállította a beszédben.

„Um das Ding nebenan brauchst du dir keine Sorgen zu
machen."

– Nem kell aggódnod amiatt a szomszéd miatt.

„Ich habe bereits dafür gesorgt, wie wir es loswerden."

– Már elrendeztem, hogyan szabadulunk meg tőle.

Frau Samsa und Grete schrieben ihre Briefe weiter.

Samsa asszony és Grete folytatták leveleik írását.

Herr Samsa bemerkte jedoch, dass das Dienstmädchen noch
nicht fertig war.

De Samsa úr észrevette, hogy a szobalány még nem végzett.

Nun wollte sie alles genauer beschreiben.

Most mindent részletesebben akart leírni.

Doch er streckte die Hand aus, um ihre
Annäherungsversuche zurückzuweisen.

De kinyújtotta a kezét, hogy visszautasítsa a nő erőfeszítéseit.

Sie erkannte, dass sie an ihren Plänen kein Interesse hatten.

Rájött, hogy nem érdeklik őket a tervei.

Und dann erinnerte sie sich an die große Eile, in der sie
gewesen war.

Aztán eszébe jutott, milyen nagy sietségben volt.

„Dann tschüss", sagte sie, sichtlich beleidigt über das
mangelnde Interesse.

– Akkor ciao – mondta, sértődve az érdeklődés hiányán.

Bevor sie ging, knallte sie die Tür jedoch mit einem lauten
Knall zu.

De mielőtt elment volna, rettenetesen erősen becsapta az ajtót.

„Sie wird heute Abend entlassen", sagte Herr Samsa.

– Este kirúgják – mondta Mr. Samsa.

Seine Frau und seine Tochter hatten jedoch keine Zeit, ihm
zu antworten.

De a felesége és a lánya túl elfoglaltak voltak ahhoz, hogy
válaszoljanak neki.

Weil das Dienstmädchen ihren gerade erst gewonnenen
Frieden gestört hatte.

Mert a szobalány megzavarta újonnan megszerzett nyugalmukat.

Die Mutter und die Tochter standen auf und gingen zum Fenster.

Az anya és a lánya felálltak, hogy az ablakhoz menjenek.

Und so blieben sie mit den Armen umeinander liegen.

És átkarolva egymást, ott maradtak.

Herr Samsa drehte sich in seinem Stuhl um, um sie anzusehen.

Mr. Samsa megfordult a székében, hogy rájuk nézzen.

Und eine Weile lang beobachtete er sie schweigend, wie sie dort standen.

És egy ideig csendben figyelte őket, ahogy ott álldogálnak.

Schließlich rief er ihnen zu: „Willst du zu mir kommen?"

Végül odakiáltott nekik: „Eljössz hozzám?"

„Vergessen wir doch einfach all den alten Kram."

– Felejtsük el ezeket a régi dolgokat, jó?

"Komm her und schenk mir ein wenig deiner Aufmerksamkeit."

„Gyere oda hozzám, és szentelj nekem egy kis figyelmet."

Die beiden Frauen taten, wie er gesagt hatte, und eilten zu ihm hinüber.

A két nő engedelmeskedett a parancsnak, és odarohantak hozzá.

Sie umarmten ihn herzlich und küssten ihn.

Szerető ölelést adtak neki, és megcsókolták.

Sie kehrten schnell zurück, um ihre Briefe fertig zu schreiben.

Gyorsan visszatértek, hogy befejezzék a leveleik megírását.

Dann verließen alle drei gemeinsam die Wohnung.

Aztán mindhárman együtt elhagyták a lakást.

Sie waren seit Monaten nicht mehr zusammen aus dem Haus gegangen.

Hónapok óta nem mentek ki együtt a házból.

Und sie fuhren mit der Straßenbahn an den Stadtrand.

És villamossal mentek a város szélére.

Sie hatten den gesamten Waggon der Straßenbahn für sich allein.
Az egész villamoskocsi az övék volt.
Von draußen strömte Sonnenschein durch das Fenster.
Kintről az ablakon besütött a napsütés.
Die Familie lehnte sich bequem in ihren Sitzen zurück.
A család kényelmesen hátradőlt a székeiben.
Und sie besprachen die Aussichten für ihre Zukunft.
És megvitatták a jövőjük kilátásait.
Bei näherer Betrachtung waren ihre Aussichten gar nicht so schlecht.
Közelebbről megvizsgálva, a kilátásaik nem is tűntek rossznak.
Alle drei hatten Jobs mit dem Potenzial, mehr zu verdienen.
Mindhármuknak volt olyan munkájuk, amivel többet tudtak keresni.
Sie hatten einander nie nach ihrer Arbeit gefragt.
Soha nem kérdezték meg egymástól a munkájukról.
Doch nun hatten sie endlich Zeit, solche Dinge zu besprechen.
De most végre volt idejük megbeszélni az ilyesmit.
Sie hatten auch die Möglichkeit, in eine kleinere Wohnung umzuziehen.
Lehetőségük volt kisebb lakásba költözni is.
Dies hätte den größten Einfluss auf ihr Leben.
Ennek lenne a legnagyobb hatása az életükre.
Ihre jetzige Wohnung hatte Gregor ausgesucht.
A jelenlegi lakásukat Gregor választotta ki.
Aber jetzt könnten sie in eine günstigere Gegend ziehen.
De most már költözhetnének egy megfizethetőbb helyre.
Eine kleinere Wohnung, aber eine praktischere.
Egy kisebb lakás, de valami praktikusabb helyen.
Das Gespräch über die Zukunft machte Grete wieder lebendiger.
A jövőről való beszélgetés ismét élénkebbé tette Grete-et.
Herr und Frau Samsa bemerkten auch andere Veränderungen an ihr.

Samsa úr és asszony más változásokat is észrevettek rajta.

Ihre Wangen waren vor lauter Sorgen ganz blass geworden.

Az arca sápadt lett a sok aggodalomtól.

Doch ihre Tochter entwickelte sich inzwischen zu einer feinen jungen Dame.

De most a lányukból előkelő hölgy lett.

Sie war mittlerweile wirklich eine wohlproportionierte und hübsche junge Frau.

Most már valóban egy jó testalkatú és csinos fiatal nő volt.

Ihre Eltern wurden still und bewunderten ihre Tochter.

A szülei elhallgattak és csodálták a lányukat.

Sie wechselten Blicke und kommunizierten unbewusst.

Önkéntelenül beszélgetve néztek egymásra.

„Es wird bald an der Zeit sein, einen guten Mann für sie zu finden.“

„Hamarosan itt az ideje, hogy jó férfit találjunk neki."

Die Straßenbahn hatte ihr Ziel erreicht und bremste ab.

A villamos megérkezett a célállomására, és lelassított.

Ihre Tochter schien ihre neuen Träume zu bestätigen.

A lányuk látszólag megerősítette új álmaikat.

Sie war die Erste, die aufstand und ihren jungen Körper streckte.

Ő volt az első, aki felállt és megnyújtóztatta fiatal testét.